ムーミン
キャラクター図鑑
Muumiopas

シルケ・ハッポネン 著　高橋絵里香 訳

講談社

本書で紹介されているムーミンブックスの引用は、すべて原作（Muumiopas）に掲載されたフィンランド語の文章を高橋絵里香氏が訳し下ろしました。ただしタイトルは、童話と絵本は講談社刊（山室静氏ほか訳）、コミックスは筑摩書房刊（冨原眞弓氏訳）を踏襲し、未邦訳のコミックスについては下記の通りタイトルをつけました。（刊行順）

開拓者のムーミンたち（Muumit uudisasukkaina）／ムーミントロールとボーイスカウト（Muumipeikko ja partiolaiset）／ムーミントロール、農夫になる（Muumipeikko maanviljelijänä）／ロビンソン・ムーミン（Robinson Muumi）／ムーミントロールと芸術（Muumipeikko ja taide）／スニフと海の家（Nipsun kylpylä）／ボタンと結婚生活（Nappeja ja avioliittoja）／発展途上のムーミンたち（Alikehittyneet muumipeikot）／ムーミントロールとジェーンおばさん（Muumipeikko ja täti）／ムーミン谷の犬の生活（Koiranelämää Muumilaaksossa）／探偵ムーミン（Muumisalapoliisi）／ムーミントロールと008½（Muumipeikko ja agentti 008½）／ムーミントロールの危険な生活（Muumipeikon vaarallinen elämä）／スノークのおじょうさんの社交界デビュー（Niiskuneiti seurapiireissä）／ムーミントロールと孤児たち（Muumipeikko ja orpolapset）／騎士ムーミン（Ritarimuumi）／ムーミントロールと乗馬（Muumipeikko ratsailla）／かえってきたミーサ（Miskan paluu）／ムーミントロール、エジプトへ行く（Muumipeikko Egyptissä）／恋するスニフ（Nipsu rakastuu）／ムーミントロールと幽霊船（Muumipeikko ja lentävä hollantilainen）／ムーミントロールと海水浴場（Muumipeikko ja uimaranta）／ムーミントロール、お金持ちになる（Muumipeikko rikastuu）／ムーミントロールとグル（Muumipeikko ja guru）／ムーミンパパ、年老いる（Muumipappa vanhuuden porteilla）／ムーミン谷の戦い（Taistelu Muumilaaksossa）／ムーミントロールとネアンデルタール人（Muumipeikko Neandertalissa）／ムーミントロールと10個の豚の貯金箱（Muumipeikko ja kymmenen säästöporsasta）

MUUMIOPAS

Text by Sirke Happonen
The book was first published in 2012
Published in the Japanese language by arrangement with Rights & Brands,
through Tuttle-Mori Agency, Inc., Tokyo

装丁　坂川栄治+永井亜矢子（坂川事務所）
本文DTP　髙橋由香

もくじ

ムーミンキャラクター図鑑の使い方

ムーミンたちに会うことなく毎日を過ごすなんて、そんなことができるでしょうか。

バッグやキーホルダー、帽子、Tシャツ、ぬいぐるみ、食器、映画やアニメーション、そこかしこにムーミンたちは現れます。

そんな身近な存在で、誰もが知っているムーミンたちですが、果たしてどれほどの人が、彼らのことを本当に知っているのでしょうか。原作の中、自分自身の中、そして隣人の中にも存在するムーミンたちを、どれほどの人が認識しているのでしょうか。

実に壮大で深い、ムーミンの世界。そこでくり広げられるストーリーは、不条理でありながら、おもしろく、意味深いのです。ときに鋭く胸をつくこともあれば、最後にはそっとなぐさめてくれることもあります。

この本は、原作に描かれているキャラクターたちのそういった面を、改めて多くの人々に知ってもらいたい、という思いから生まれました。

初期のムーミンたちは、すでに若きトーベ・ヤンソン（1914 - 2001年）の絵画の中で歩きはじめ、小舟をこいでいます。やがて独立したムーミンの世界に移り住み、大きく成長しながら増殖します。花を植えたり、ピクニックに出かけたり、パーティーを開いたりします。ときにはコンプレックスにとらわれたり、解き放たれたりもします。

いつのまにか増えたキャラクターもいます。作者本人によって排除されたキャラクターもいますが、何年かのちに、再びお話の中に戻ってきて、誰かをうんざりさせたり、読者を喜ばせたりもしています。

時がたつにつれて、ムーミンコミックスのムーミンたちは、ムーミン谷の外へと出るようになります。タイムマシンによって、石器時代や遠い砂漠へ。ネイティブアメリカンやネアンデルタール人の住む場所へ。ご先祖さまに対面することもあります。

ムーミン童話の読者の年齢層を定めるのはむずかしく、意味のないことかもしれませんが、ムーミンコミックスのストーリーは、大人のための風刺だと言えるでしょう。何しろ、コミックスの依頼者だったイギリスの新聞社「イブニングニュース」が、そうリクエストしているのですから。

トーベと彼女の弟ラルス・ヤンソン（1926 - 2000年）が共同作業でコミックスを作りあげた部分もあれば、各自で創作した部分もあります。いずれにしても、ムーミン童話はトーベのものですけれど。

キャラクターに関する情報は、童話（1945 - 70年）から、コミックス（1947 - 75年）、絵本（1952 - 77年）まで、すべての作品をもとにしています。

そして、105項目に分類したキャラクターの名前を、フィンランド語名のABC順に掲載しました。最初のAは、読者をいきなり、国際的な犯罪者のもとへ連れていき、最後はÖ、「はい虫のサロメちゃん」で締めくくられています。
　ムーミン谷は牧歌的な場所ですが、さまざまな生きものがやってきます。スパイ、火星人、役人、芸術家、おばけなど。お話には欠くことのできない、名もない登場人物もいます。猫、牛、虫、すべてが大きな存在意義を持っています。うみうまなしのムーミン世界なんて、考えられるでしょうか！
　本書では、一人ひとりのすべてのキャラクターについて、最も重要で興味深い事柄を書き記しました。他の人だったら、ムーミンママのインテリアのセンスにもっと注目したかもしれませんが、私が興味を持ったのは、ママがどんな場所でも寝られるということでした（残念ながら、ムーミンママが眠っているシーンをすべて掲載するのは無理でした。あまりにたくさんありましたから）。
　複雑で多様性のあるものたちには多くのスペースをとっています。初期のスナフキンは現在のスナフキンとは別人のようだったこともご紹介しましょう。挿絵はそのキャラクターの進化がうかがえるようなものを選びました。ついに恋に落ちたフィリフヨンカは、表情が見ちがえるほど変わっています。キャラクターの誕生やバックグラウンドを明らかにするために、原作の他に、ムーミン童話のシナリオ、挿絵プラン、スケッチやインタビューも参考にし、引用しました。
　有名なキャラクターに関しては、「私たちの世界のミムラたち」などと題したコーナーもあります。キャラクターに、友人や職場のボスを重ねあわせてみたり、最高あるいは最悪な自分自身を投影することができます。自分はロッドユールそのもの！というパターンは珍しく、おそらくほとんどの人が複数のキャラクターを自分の中に秘めていることでしょう。長いことミーサのように生きてきた、というショッキングな事実から解き放たれて、私たちが成長するために、「このキャラクターになってみよう」というページも加えました。この方法を試してみれば、日常に新しい視点を加えることができるはず。心の中ではミーサでも、ニョロニョロらしい生き方を選んだり、ブリスクさんのようなアクティブな自分を目指すこともできるのです。
　この世の中では、どのムーミンキャラクターにも当てはまらずに生きるのは不可能です。今日のあなたは、ムーミン谷の誰だったのか、明日のあなたは誰になりたいのか。ときには、フィリフヨンカではなく、ミムラねえさんらしい切りぬけ方をしたほうが良いシチュエーションも訪れるでしょう。ときには、ちょっぴりスニフらしさがあったほうが良いこともあります。そして、パーティーが陽気であたたかい雰囲気に包まれたとき、ムーミンたちらしい生き方に近づけたと感じられるでしょう。
　あなたの人生のムーミンキャラクターたちと楽しい時間をお過ごしください！

シルケ・ハッポネン
——我慢づよいミムラねえさん、ときどきヘムレン

工作員やスパイたち　AGENTIT JA VAKOOJAT

スパイのマルメラードフとババランシュクが、音楽を奏でながら夜を過ごしているところ。『ムーミントロールと008½』

　コミックスには、さまざまな工作員やスパイたちが登場し、ムーミン一家の日常にスリルを加える。

　コミックス『ムーミントロールと008½』は、有名なスパイ小説「007」をもじったタイトル。ムーミントロールが「命の薬」を作ったといううわさが広がり、多くの人々が興味を示す。ムーミン谷の研究所では、マルメラードフ（スパイ）とその仲間のババランシュク（仮スパイ）が密偵を開始した。彼らは、ヤンソンとアンダーソンという偽名で活動することもある。このふたりのライバルは、秘密兵器が搭載された車に乗っている、鼻の長い工作員008½。さらに、工作員「金の足」とその助手のフラップジャップがムーミン谷に到着し、追跡劇がくり広げられる。とうとうムーミントロールは命の薬を譲りわたすことを決心するが、実はそれは、飲むと無性に切手を集めたくなる薬だったという結末。マルメラードフは、ムーミン屋敷のゆり椅子に座りこんで、今度は資本主義の衰退について情報収集をはじめる。

　コミックス『ムーミンパパとひみつ団』では、ムーミンパパが工作員13だと間違えられる。パパと友人ウィムジーとの失われた青春を取りもどすはずの旅が、人違いによって託された秘密の書類をめぐり、スパイたちに追われ、長い逃亡の旅をする羽目になってしまう。秘密の書類は、工作員7、9、44、そしてナディアという名の女性スパイに狙われている。

工作員008½は、誰にも気づかれないようにムーミン谷に潜入しようとする。『ムーミントロールと008½』

変装したマルメラードフ。『ムーミントロールと008½』

工作員7と9は、仕事をめぐって44と衝突する。『ムーミンパパとひみつ団』

金の足はスノークのおじょうさんを誘拐する。『ムーミントロールと008½』

金の足の助手フラップジャップは、攻撃の準備をする。『ムーミントロールと008½』

スパイのナディアは、ウィムジーに探りを入れる。その後ろで、ムーミンパパがシャンパンを蓄音機のラッパで飲もうとしている。『ムーミンパパとひみつ団』

アルベルト　ALBERT

アルベルトは、ムーミン谷の海岸にバカンスにやってくる子ども（コミックス『スニフと海の家』）。彼の身を案じて母親が禁じたことを、やりたくてたまらない。年の差を気にもせずに、ムーミントロールを血のつながった兄のように慕う。気候にかまわずいつも厚着をしている。

発展途上地域査定官
ALIKEHITTYNEIDEN ALUEIDEN ASESSORI

コミックス『発展途上のムーミンたち』では、ムーミン谷にたどり着いた中年の公的査定官の女性が、ムーミンたちの暮らしはまだまだ低開発なレベルであると指摘する。

彼女は熱心に、政治や道路建設計画を含む、援助プログラムをスタートさせる。さらに、ムーミンたちの風変わりな容姿についても干渉しはじめ、（実際にありもしない）差別を阻止しようとする。「ムーミンたちに、『自分たちは他人と違っている』と思わせないように！」とは、彼女がムーミン谷じゅうにふりまいた忠告。援助プログラムは彼女の思うように進行せず、それがムーミントロールの同情を誘う。次第にムーミントロールのほのかな思いは同情から恋心へと変わる。

ムーミントロールによると、発展途上地域の査定官は賢く、巧妙な表現をする。たとえば「考察の結果、ゆらゆら揺れるニョロニョロたちは政治的に傾きやすい傾向にあるということがわかった」という具合である。

アルベルトは、浜辺で監視員をしているムーミントロールにかまってもらいたい。
『スニフと海の家』

ムーミン谷の新しい大統領ムーミントロールは、査定官に胸の内を告白する。
『発展途上のムーミンたち』

『発展途上のムーミンたち』

考古学者たち　ARKEOLOGIT

『ムーミン谷の宝さがし』

考古学者たちは砂金掘りたちと、ムーミン谷を掘りかえして穴だらけにしてしまう（コミックス『ムーミン谷の宝さがし』）。それは、ムーミン谷に金が眠っているという間違った情報を新聞で読んだからだった。ムーミン一家は、自分たちがきれいだと思うものをいくつか地面の下に埋めてわざと発見させ、落胆している彼らをなぐさめようとするが、それを知った考古学者たちは自分たちをあざむいた罰として、ムーミンたちを考古学界から追放してしまう。

コミックス『ムーミントロール、エジプトへ行く』では、ムーミン屋敷のすぐそばで新たに発掘がおこなわれる。発掘作業を指揮するサンマルラウニオ男爵は、その服装と地面に引かれたチョークの印から、テニスの世界チャンピオンだとムーミンたちに誤解される。

サンマルラウニオ男爵。
『ムーミントロール、エジプトへ行く』

バルンキアン　BALUNKIAN

スノークがスノークのおじょうさんを嫁がせようとしたお相手が、バルンキアン（コミックス『スノークのおじょうさんの社交界デビュー』）。世界一の大富豪。

スノークのおじょうさんは浜辺に座り、スポットライトの下でアピールするが、豪華な船で航海するバルンキアンは興味を示さない。それどころかバルンキアンはスノークを秘書として雇いたがり、ムーミンたちのご先祖さまを自分のコレクションに加えたい、と欲しがる。

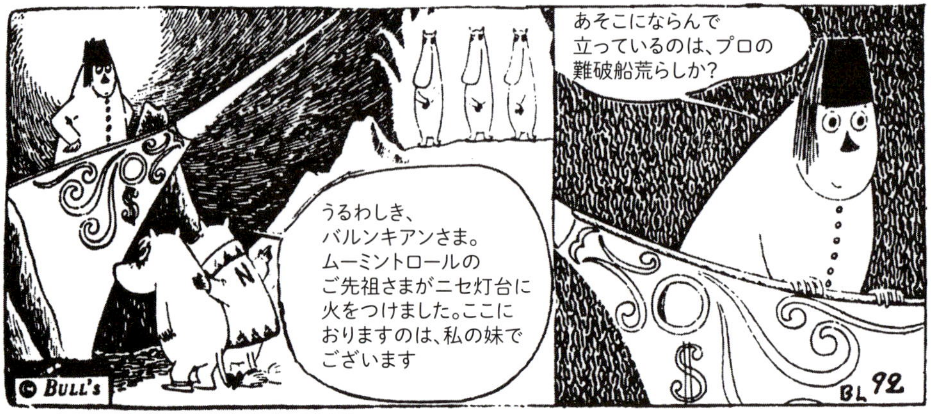

『スノークのおじょうさんの社交界デビュー』

ビートニクたち　BEATNIKIT

ビートニクと名乗る、ひげを生やしたふたりの若い男たちが、ムーミン屋敷に居候する（コミックス『テレビづけのムーミンパパ』）。彼らは自分さがしをはじめ、わけのわからないことを話しては、「音楽に合わせて歌う詩」を詠む。スノークのおじょうさんは自分なりに、それをロマンチックに解釈する。ムーミンパパも、ビートニクによって、ムーミン屋敷の空気が気高く高揚していくのを感じる。ビートニクが心からインスパイアされる唯一のものは、西洋映画である。

『テレビづけのムーミンパパ』

クロティルド　CLOTILDE

クロティルドは、上流階級のマダム。ムーミンママの裕福な、おばあさんのおばあさんのおかあさん、つまりひいひいひいおばあさんである。コミックス『ムーミンママのノスタルジー』で、タイムトリップ中のムーミンたちはクロティルドに出会う。ムーミンパパの言葉をうのみにしたクロティルドは、夫にムーミンたちを、おじのルフスのほうのいとこだと紹介する。

『ムーミンママのノスタルジー』

エドワード、ドロンテ・ドードー
DRONTTI EDVARD, RONTTI

『ムーミンパパの思い出』

エドワードは、森の木々よりもはるかに背の高い生きもの。「世界で一番大きな動物——彼のお兄さんのつぎに」と、フレドリクソンは描写する。童話『ムーミンパパの思い出』で、陸上の「海のオーケストラ号」を川へ移動させるとき、竜のエドワードの行為は大きな力になる。水浴びに来たエドワードがみんなにだまされて川に座ると、水があふれて洪水となり、船を海へと押しながしたのだ。

怒りっぽくて短気なエドワードは何度も人助けをしているが、本人にはほとんどそのつもりがない。ムーミンたちにちょっぴりだまされ、言われるままにしたことが役に立ったり、その巨体で偶然に他の生きものを踏みつぶしたことが、結果的に人助けになったりしたこともある。踏みつけられた被害者が、うみいぬのような凶暴な怪物だと、ムーミンたちにとってはありがたいこととなるのだ。それ以外、不慮の事故の場合には、エドワードが葬式代を出しているらしい。

絵本『さびしがりやのクニット』に登場するドロンテ・ドードーは、童話やコミックスのエドワードよりも、のんびりとした生きものだ。彼は夕日を背に、巨大な漁網を持ったまま水の中に立ちつくす。網をたぐり寄せる道具を、足元に浮かぶホムサたちのボートと比較すると、いかに大きいかがわかる。クニットから、スクルットがどこへ行ったかたずねられたドロンテ・ドードーは、スクルットを見るには見たがそれ以上はかかわりたくない、と答える。

『さびしがりやのクニット』

> 誰があの子をなぐさめるだろう。さて、私にはわからない。私はただ休暇をとって、魚釣りをしているだけ。
> 絵本『さびしがりやのクニット』

この文の背景には、ヤンソン一家がピクニックに出かけた無人島で出会った、老いた密輸業者たちとの思い出がある。彼らは一緒に、酒の入った大きなコンテナを陸に揚げた。そこには税関の職員がいたが、彼もこれを担ぐのを手伝った。ヤンソン一家が声をひそめて彼の意見を聞くと、彼は落ちついてこう答えた。「私は今、休暇中だからね」と。ドロンテ・ドードーとこの税関の職員の価値観には、少々似ているところがあると言えるだろう。ドロンテ・ドードーの服装は、漁師というよりも、事務労働者の着る白いワイシャツを思い起こさせる。

グリム童話の登場人物たちが動きだし、豚飼いの少年がエドワードをあざむこうとする。『魔法のカエルとおとぎの国』

警察署長さんにビンを壊される前にウイスキーを抜きとろうとして、ムーミンたちはエドワードから巨大なビタミン剤用注射器を借りる。
エドワードの注射器を使って、密輸者たちにはウイスキーを、署長さんには水の入ったビンを渡し、
ムーミンたちは双方が満足する結果に持っていこうとする。『ムーミントロールの危険な生活』

セイウチのエドワード　EDVARD, MURSU

エドワードは、怪力のセイウチ。コミックス『やっかいな冬』では、ブリスクさんに勝負を挑まれる。同じ名前の竜のエドワードと同じくらい、いつも不機嫌な顔をしている。ミムラは、ブリスクさんを雪合戦で勝たせて励まそうと、エドワードとのいかさまを仕組むが、エドワードはブリスクさんの挑発に我慢できず、ミムラとの約束も忘れてブリスクさんを負かしてしまう。

映画のプロデューサー　ELOKUVATUOTTAJA

コミックス『レディ危機一髪』では、映画の撮影がおこなわれる。しかし、俳優たちはそれぞれ自分のやりたいことを見つけて撮影を放棄。映画のプロデューサーは窮地に陥ってしまう。ムーミン谷の住人たちが役者をすると申しでるが、どの役柄も彼のイメージにはしっくりこない。

エメラルド　EMERALDO

エメラルドは、サーカス団の曲芸師で、卵形をした筋肉のかたまり。コミックス『恋するムーミン』によると、エメラルドのもうひとつの任務は、サーカスのスターであるプリマドンナの機嫌をとること。ムーミントロールはエメラルドにライバル意識を持つが、事情がわかるとふたりは意気投合。女心にうんざりし、一緒に女子禁制の生活をはじめる。しかし最終的にはそれぞれ、スノークのおじょうさんとプリマドンナのもとに帰る。彼は、コミックス『サーカスがやってきた』でも、ムーミントロールが急きょ怪力の男エメラルドの代役を務めることになったときに、一瞬だけ登場している。

左2点とも
『やっかいな冬』

映画のプロデューサーが役を与えたのは、候補者の中でスティンキーだけ。
『レディ危機一髪』

プリマドンナに翻弄されるエメラルド。『恋するムーミン』

『ムーミン谷の夏まつり』

劇場ねずみのエンマ　EMMA, TEATTERIROTTA

「年老いていて、いつもイライラしていて、リウマチを患っていて、劇場のことばかり考えている」。童話『ムーミン谷の夏まつり』の計画段階で、作者トーベ・ヤンソンは、劇場ねずみのエンマについて、こう描写している。

しわくちゃで灰色の肌をしているエンマは、海を漂流中の劇場にただひとり隠れ住んでおり、洪水を逃れてムーミン屋敷をあとにしてきたムーミンたちと出会う。最初は姿を現さないが、舞台にこだまする気味の悪い笑い声で、すぐにエンマの居場所がわかる。エンマは、効果音で人をおどかし、食べ物を盗む。盗んだにもかかわらず「食事におかゆが多すぎる」と文句を言いに、ようやくムーミンたちの前に現れる。

亡き舞台監督フィリフヨンク（226ページ「フィリフヨンカ」参照）の妻であるエンマは、劇場で働く者だけに敬意をはらう。劇場を、壁がひとつ足りない家だと思って引っ越してきたムーミンたちのことは、心底軽蔑している。とりわけ、『クレオパトラ』の舞台背景画を、壁に飾るための絵だと思っている者（しかも、クレオパトラ自体を知らない者）は、最も下層に属する生きものだとエンマは言う。しかしついにエンマも折れて、劇場とは何かを、ムーミンたちに説明してくれる。

> 「劇場は、あんたたちの客間でも、船着き場でもないわい。劇場は、この世で最も大切なものさ。そこではみんな、どんな自分になることができるか、どんな自分になりたいかを、なる勇気がなくても見ることができるんじゃ。そして、実際の自分がどんなものなのかもね」
> 「教育施設みたいですわね」ムーミンママはおどろいて言いました。
>
> 童話『ムーミン谷の夏まつり』

自分の持っている知識が他の人の役に立つことがわかると、ずっと機嫌の悪かったエンマも、次第に辛抱づよさを見せるようになっていく。彼女のその知識は、ヘクサメーター（六韻律）から小道具の扱い方まで、幅が広い。ムーミンたちが悲劇『ライオンの花よめたち』を作って上演することになったときには、みんなエンマの力を借りたがる。カオスのような仕上げの練習も、エンマをあわてさせはしない。舞台の初日がより良いものになることを、エンマはよくわかっているからである。

エンマの細長い鼻は、彼女がフィリフヨンカ族に属することを表している。他にも、トレードマークとも言えるほうきをいつも手にした掃除マニアであることや、夫の姪であるフィリフヨンカ（226ページ「フィリフヨンカ」参照）をはじめとする親族との険悪な関係は、いずれもフィリフヨンカ族らしい性質だ。

世捨て人たち　ERAKOT

ムーミン作品の中には、複数の世捨て人が登場する。

なかでも一番有名なのは、独りわが道を行くスナフキンである。他にも、一時的に世捨て人の生活をはじめる者として、ムーミンパパ、ムーミントロール、スノークのおじょうさん、ミムラがいるが、このうちの数人は、他の人とふたりで孤独に引きこもる。

自らを哲学者と名乗るじゃこうねずみは、ムーミン屋敷の騒音を逃れて洞くつで暮らしはじめるものの、食事だけは毎回、運んでもらっている（186ページ「じゃこうねずみ」参照）。

コミックス『ロビンソン・ムーミン』で無人島に暮らしている世捨て人の思考は、さまざまな点でじゃこうねずみのそれを思わせる。「すべては無意味」という哲学の教えのとおり、彼はすべてに対してあきらめの姿勢を貫き、とりわけ「働く」という行為を思いおこさせるものに対しては、とことん無関心である。「いかなることにも、意味などない」と説くが、ワイングラスを差しだされれば、彼もこれを受けとる。ムーミンたちは、この世捨て人をロビンソン・クルーソーにちなんで「頑固なフライデー」と呼ぶ。彼は、ロビンソン・クルーソーの本を読んだあと、新しい学派、クルーソー派に傾倒するようになる。そしてムーミンたちにもこの新しい哲学を厳密に重んじるように強要し、ムーミンたちは平穏な生活を乱されてしまう。

ムーミン一家は、砂漠でもひとりの世捨て人に出会う。コミックス『ムーミントロール、エジプトへ行く』で、ベッドの下にスリッパを置いたまま、片側の開いたテントの中で数々の本を読みあさる人物だ。彼はムーミンたちの訪問をとても喜び、ステーキやバターミルク（北欧の乳製品飲料）が欲しいとねだる。毛むくじゃらのこのキャラクターは、スウェーデン人の美術家ロベルト・ホーフェルト（Robert Högfeldt 1894 - 1986年）の絵画がモデル。トーベ・ヤンソンは彼の絵画が好きで、アトリエにも飾っていた。短編小説『ベレニケ』（『少女ソフィアの夏』所収）にも世捨て人の絵に関する記述がある。

「フライデー」と呼ばれた世捨て人。『ロビンソン・ムーミン』

上・左とも、砂漠の世捨て人。『ムーミントロール、エジプトへ行く』

探偵や刑事たち　ETSIVÄT JA SALAPOLIISIT

『探偵ムーミン』

『署長さんの甥っ子』

「残念ですけど、それはただのスグリジャムですよ」

失踪したフィリフヨンカの行方をさがし、床にこぼれたジャムを血痕と疑う探偵に、ムーミンママはこう声をかける（コミックス『ふしぎなごっこ遊び』）。とかげの姿をした探偵は、徹底的にムーミンママを尾行するが、殺人事件ではないことがわかると、推測が外れたことに心底がっかりして出ていく。

コミックス『探偵ムーミン』では、さらに壮大な探偵ごっこがくり広げられる。雪に埋もれた家、週末のお客さん、トランプゲームのブリッジ、という具合に疑わしい条件が完璧にそろっていれば、すぐに事件だと決めてかかるムーミントロール。彼は、ヘムレンの姿をしたミスター・ハイドが最も怪しいと疑うが、しまいには彼が本物の探偵であることが明らかになる。

ムーミンコミックスの探偵たちは、帽子が特徴的だ。とかげの姿の探偵は、チェックのハンチング帽を、ムーミントロールは山高帽を、ミスター・ハイドは分厚い長コートとともに、しわになったフェルト帽を愛用している。

ムーミン谷の探偵や刑事たちは「潔癖そうな顔をしている者こそ犯罪者で、極悪人に見える者こそ無罪（または他の探偵）」との判断基準で行動している。こういった探偵パロディーからはラルス・ヤンソンが推理小説の作家・翻訳家であったことや、トーベも推理小説を愛読していたことがうかがえる。

『ふしぎなごっこ遊び』

おばあさん　Eukko

ムーミン谷の近くの森には、「洗剤やガム、上等なサンオイル、あります」と宣伝している小さな売店がある。売り台の後ろには、白髪で小さなねずみのような目をした、「おばあさん」と呼ばれる人物が立っている。童話『ムーミン谷の彗星』に登場するおばあさんはムーミントロールたちに、ルビーの飾りのついた鏡、クリスマスツリーの星のオーナメント、レモン水やノートを売る。彼らにお金がないことがわかると、おばあさんは、スナフキンが買おうとした古ズボンと交換で帳消しになるからお金は払わなくていい、と言ってくれる。

クリスマスツリーの星のオーナメントは、『ムーミントロールと地球の終わり』でも同じ役目を果たす。

星のオーナメントは、ムーミントロールへのプレゼントになった。『ムーミン谷の彗星』初期の版。現在の版では安全ピンではなく首からかけられるペンダントになっている。

ファニー　Fanni

ファニーは、コミックスで3コマしか登場しない、小さな脇役。それでも彼女の顔は、なかなか印象深く記憶に残る。

コミックス『ムーミン谷のきままな暮らし』で、ムーミン一家は「労働と我慢の日々」をはじめる。これを不快に思っていたスナフキンは、彼らの代わりに仕事をする人を見つけようとする。ファニーは、スノークのおじょうさんに代わって、フィリフヨンカのおばさんの付きそいを務めることになり、こうしてスナフキンはスノークのおじょうさんを仕事から解放する。

家もないし、仕事もなくて困っているそうだ…

『ムーミン谷のきままな暮らし』

フレドリクソン　FREDRIKSON

「耳の大きな専門家」のフレドリクソンは、ムーミンパパの初めての友人。出会った当時、ふたりを意気投合させた話題は、ヘムレン嫌いであること。そして、嵐や奇妙な怪物のもとへ、未知の土地へと、彼らを導く大冒険だった。フレドリクソンの功績は、伝説的な船「海のオーケストラ号」を作ったことで、彼の発明家としての才能は他のシーンでも明らかにされる。たとえば、童話『ムーミンパパの思い出』には、水車の作り方が紹介されている。

フレドリクソンはいつも、彼とはまったくちがう性格の、さまざまな人たちに囲まれながら、そのまったく異なる友人たちとうまくやっている。面倒をみている甥のロッドユールが、「海のオーケストラ号」に、その名前や喫水線を書くのに失敗したとき、フレドリクソンの反応はきわめて冷静で、「ふむ」または「ふむ、ふむ」とつぶやいて受け入れた。また、食べていたオートミールの中にロッドユールが誤って歯車をまぜてしまったときは、歯車によってフレドリクソンにアイデアがひらめく。他者のあやまちさえもフレドリクソンにかかれば生きてくるのだ。「海のオーケストラ号」は、その名前を間違ったつづりで船体に書かれようとも立派に我が道を行くのだから。

　フレドリクソンは、言葉数が少なく、無駄に感情をこめることもない。それでもムーミンパパは、フレドリクソンの言葉から彼の気持ちを読みとり、それを正しく理解する。

冒険の合間の平穏なひととき。フレドリクソンとムーミンパパは、ふたりならんで岩場に腰をおろし、ロッドユールは浅瀬をジャブジャブと歩きまわり、ヨクサルは岸壁によじ登ろうとしている。『ムーミンパパの思い出』

私たちは、ならんで岩の上に腰をおろしました。海草と、何か他のいい香りがしました。きっと、海の香りでしょう。私、ムーミンパパは、心から幸せに思えて、この時間がやがて過ぎ去ってしまうことすら、こわいと思わないほどでした。
「きみは今、嬉しい気持ちかい？」私は、たずねました。
「もちろんさ」フレドリクソンが答えました（そのとき、彼がたまらなく、もうどうしようもないくらい幸せだったのを、私はわかっていました）。

童話『ムーミンパパの思い出』

現実主義のフレドリクソンらしからず、声に出して友人たちの性格をタイプ別に分類したことが、一度だけある。

・知りたがる人（幼少時代のムーミンパパ）
・何かになりたがる人（現在のムーミンパパ）
・何かをしたがる人（フレドリクソン自身）
・自分の持ち物に執着する人（ロッドユール）
・他人の持ち物に執着する人（ニブリング）

フレドリクソンはのちに、王室づきの発明家の仕事に就く。彼は、ムーミンパパやヨクサル、ミムラたちと一緒に、自由人たちの「あたらしい村」を作り（正式には「王室づきあたらしい自由の村」）、「海のオーケストラ号」を改造して、空を飛んだり、水にもぐったり、地面を走ることのできる水陸両用の船を作る。

やがてフレドリクソンとムーミンパパは、お互い別々の道を歩んでいくことになるが、ある嵐の夜、ふいにフレドリクソンはムーミン屋敷を訪れる。彼と一緒にいたのは、数人の「親」と、おばけ。「親」とはつまり、スニフの両親であるロッドユールとソースユール、そしてスナフキンの父親であるヨクサルだった。

大掃除のときに奥さんとともに行方不明になった、フレドリクソンの兄。脇に抱えているのは、彼の手がけた詩集。『ムーミンパパの思い出』

グリム童話の登場人物たち
GRIMMIEN SATUHAHMOT

コミックス『魔法のカエルとおとぎの国』で、ムーミントロールの作った「命の薬」がグリム童話の本の上にかかり、童話の登場人物たちは、命を与えられて動きだす。登場人物たちは、あらかじめ決められたお話の展開にはそってくれず、次第に混乱していく。お菓子の家の魔女は誤解されていたがベジタリアンで、キスされたカエルは豚飼いに変わり、白雪姫は鏡を見ると盗みたくなるという窃盗癖に悩まされていることが明らかになる。

お菓子の家を建てたことを悔いる魔女。
『魔法のカエルとおとぎの国』

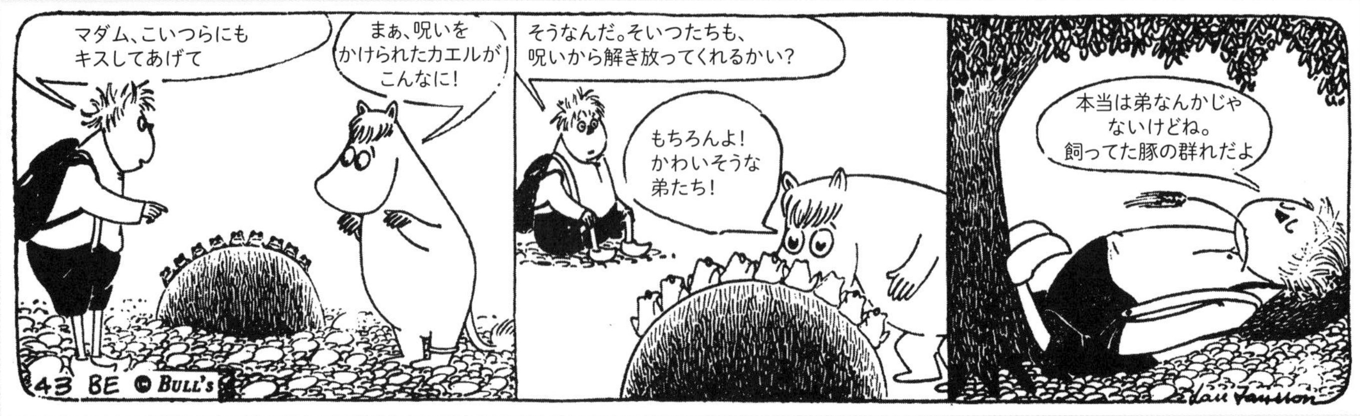

『魔法のカエルとおとぎの国』

グル　Guru

　コミックス『ムーミントロールとグル』で、ダルヴィーシュ（スーフィーというイスラム神秘主義の修道僧）のような格好をした、黒い肌に白ターバンの男がムーミン谷に現れる。彼はグルと名乗り、ムーミン屋敷に移り住む。そして自分のために石造りの床、画びょう、破られることのない静寂を用意してほしいと要求する。しかし、実際ムーミン屋敷で用意できたのは画びょうだけ。

　グルは、スノークのおじょうさんやムーミンパパに瞑想を教え、フィリフヨンカの牛を自由の身にしようとする。最も熱情的に彼の弟子になろうとするのは、フィリフヨンカだが、グルは彼女を「邪悪な女神」と呼び、恐れる。

『ムーミントロールとグル』

スティンキー　Haisuli

へっ、
みっとも
なさすぎて
誰もおれに
気づいたり
しないぜ！

ムーミンの世界の悪者的存在。

「でも、とてもフレンドリーな人よ」とムーミンママは、コミックス『スノークのおじょうさんの社交界デビュー』の中でこうつけ加えている。どういう意味でスティンキーがフレンドリーなのかはわからずじまいだが、正真正銘のふとどき者であることに疑いはない。

スティンキーには、ムーミンたちとの仲を保つために、フェアな行動をしようという気がない。誰かの秘密はムーミン谷じゅうに広め、盗んだ物は勝手にムーミン屋敷の地下室に隠す。あるときは、ムーミントロールとスノークのおじょうさんの秘密の隠れ場所を告げ口する。またあるときは、ふたりを巨大なへびの口の中におびき寄せようとする。

そんなスティンキーも、ムーミンママとは特別な関係にある。ムーミンママのハンドバッグを盗むようなことは絶対にせず、ムーミンママのために他の泥棒からハンドバッグを取りかえすほど。そんな親切をしたとき、スティンキーは「こんなバッグ、何の価値もないから」と言い訳しつつ、ムーミンママに返す。一方ムーミンママは、スティンキーに頼まれると、それが地下室に盗品を隠すことであっても、泥棒協会に入会することであっても、断ることができない。コミックス『探偵ムーミン』で、おひとよしなムーミンママは、スティンキーをクローゼットにかくまい、警察署長さんにも協力しようとするので、しばしば両者の板ばさみになる。

コミックス『ムーミンママの小さなひみつ』では、署長さんの掃除機を盗もうとしたスティンキーを、ムーミンママが「まったく恥ずかしくないの？」と言って叱る。「うん、情けない盗みをはたらいたもんだよ」と、スティンキーは気落ちして答える。

ときにはスティンキー自身が悪党の道からそれることもある。

フィンランド語でHaisuli、スウェーデン語と英語ではStinkyという名前の意味のとおり、スティンキーはとても臭う。彼が野原を歩くと花が顔をそむける。捕まって牢屋に入れられたり、密告のために署長さんのもとを訪れたりするたびに、署長さんのバラの花もしおれてしまう。その体臭の大半は硫黄と腐った卵の臭いだが、策略的で秘密めいた陰謀の臭いもする（写真絵本『ムーミンやしきはひみつのにおい』）。この臭いは、ムーミン屋敷に居座りつづける居候すら外へ追いだす効果がある。しかし、これを利用するのは、ムーミンたちにとってもあくまで最終手段。木製の家具を食べようとするスティンキーは、訪問のたびにいくつも椅子を壊し、ムーミン屋敷の土台も傷むので、スティンキーにお客を追いはらってもらうときは、その被害も考慮しなければならない。

スニフとスティンキーは、似たもの同士でわかりあえる部分があるため、一時的に手を組むこともある。スニフが善の道にそれると、スティンキーはスニフの「悪魔のよう

『ムーミンママの小さなひみつ』

ムーミン谷の財政問題を解決しようとする、大統領のムーミントロールと財務大臣のスティンキー。『発展途上のムーミンたち』

『探偵ムーミン』

スニフが入ってこられないような
おれたちの隠れ家があることは、いいことだ
そうだね!
そうだね!
ここなら安心。やつの悪魔のような
善良ぶりから逃れられるぜ

ムーミントロール、スティンキーとそのギャング仲間たちは、酒場を開き、そこで心を入れかえたスニフから身を隠す。長い毛は、ムーミン谷のベテラン犯罪者に特徴的。『スニフ、心をいれかえる』

愛するスティンキー。週末、家に来てもらえないかい? 実はうちのお客さんが…
ははぁ、やつらを追いだしたいんだな?

『ひとりぼっちのムーミン』

な善良ぶり」から逃れようとして、ムーミントロールの秘密の酒場に身を隠す（コミックス『スニフ、心をいれかえる』）。しかしそこにもスニフは理由をつけてやってきて、スティンキーは、スニフの善良ぶりにあきれはてるのだった。

署長さんがていねいに頼みこむと、盗んだお金を返すこともあるスティンキー。「公正な」選挙の結果、スティンキーが財務大臣に就いたときも、最後には金貨の袋を国に納める。理由として、「真っ当な泥棒」というものに嫌気がさしたから、と彼は言う（コミックス『発展途上のムーミンたち』）。それでなくても、スティンキーが盗んだものを何に使うのか、どういう目的で盗んだかということについては謎。休日は、骨や魚の残骸をかじったり、ギャング仲間とコーヒーを飲んだりしながら過ごす。彼にとって最もすばらしい瞬間は、工作員たちに恐れられている「金の足」が、彼を「暗黒街の一流」と呼んだときだった。

スティンキーの悪者ぶりについては、ムーミンコミックスと写真絵本『ムーミンやしきはひみつのにおい』の中で語られている。

私たちの世界のスティンキーたち

特に物語の中で出会う悪者には、どこかチャーミングな一面がある。もちろん現実にもいろいろな理由から臭う人はいるけれど、スティンキーのような者は珍しい。しかし、臭いはスティンキーらしい生き方の最初の一歩に過ぎない。真のスティンキーには、説明のしようがない不思議な魅力があり、その風貌のみすぼらしさもどこかおしゃれで、おどろくような才能の持ち主でもある。

アウトドア派のスティンキーは、放浪癖があると思われがちだが、そうでもない。

『やっかいな冬』

お酒を勧められれば断らないが、アルコールを飲んでもたいした変化はなく、彼の巧みなビジネストークは、ちょっとやそっとでは丸めこまれない人物であることを物語っている。とはいえ、何をしでかすかわからない人、というわけでもない。窃盗の伝統とそれに伴う縛り首の刑が、彼の心を躍らせる。インターネットはまったく理解できず、多すぎるお金もかえってストレスになる。

もしスティンキーが自分を表現するとしたら、誇り高く誠実な泥棒、という言葉を使うだろう。

現代のスティンキーの中で最も許せないタイプは、告げ口をする者。もし、知り合いが変わった行動をとったり、人生においてつらい時期を過ごしていたりすると、スティンキーはわずかな報酬を目当てに週刊誌の編集部に電話をかける。このようなスティンキータイプの人物は一見、複雑な状況で単純に力になってくれるように見えるが、彼の力には頼らないほうが賢明。彼は、最もセンシティブな内容をためらわずに週刊誌の記者にもらすだろう。そうなってしまっては、当然、それまでの人間関係は崩壊する。スティンキー自身に何の得がなくても喜べない。横領、不法侵入、窃盗……幸い、スティンキーのすることはたいてい失敗に終わる。

『ムーミンママの小さなひみつ』

スティンキーになってみよう

まず、髪とひげをぼうぼうになるまで伸ばし、きついパーマをかける。もし、毛の伸びが遅い場合は、ペットの専門家に育毛のアドバイスをもらおう。古い毛皮のベストを用意し、地毛と一緒にブラッシングで逆毛を立ててふわふわにする。スティンキーの香りは次のように再現できる：冷凍エビを解凍し、その汁を園芸用の霧吹きに採取する。常温で3日間置いたあと、髪や肌、衣服にまんべんなく、たっぷりと吹きかける。

もし近くに市場があれば、閉店時間にカモメと一緒に行動してみよう。カモメは魚の残りがどこに捨てられるのかを知っているので、カモメの飛んでいく方向へついていってみる。魚市場の閉まったあとは、清掃車が来るまえに、石畳にごろごろ転がって、すばやく臭いを体につけるのがポイント。

ニョロニョロ　HATTIVATIT

丸まった白樺の樹皮の断片。
『ニョロニョロのひみつ』

集団でボートに乗った無表情のニョロニョロたちは、ムーミンママとムーミントロールが行方不明のムーミンパパをさがす最初の童話『小さなトロールと大きな洪水』に、すでに登場している。ムーミンママたちを乗せたニョロニョロのボートは、波間をすべるように進み、海のトロールの力を借りて上陸する。

ニョロニョロは、その姿を見せるだけで、自ら発言することは基本的にない（例外：104ページのコミックス）。彼らは、何かを聞くこともできず、色のない瞳で何かを凝視しているだけ。彼らには感情がないとも言われていて、「切望と不穏」に追われるままにひたすらボートでさまよう。それでも、地震は体で感じとることができ、嗅覚があることもわかっている。コミュニケーションをとるときは、風にそよぐ枝のように手をふるわせあう。丸まった白樺の樹皮の断片も使用すると思われる。

かみなりが鳴る天気になると、ニョロニョロたちは文字通りに電気を発する。そんな日は、ひとつの島に何百というニョロニョロが集まることがあり、青白く発光しながら、お互いにおじぎをしあう。6月には彼らの大規模な集会があり、いつもよりたくさんのニョロニョロの姿を見かけるようになる。絵本『それからどうなるの？』で、ニョロニョロたちは、おそらく何かを期待して、中が空洞になっている木の幹に身を収める。33ページの絵でも、かみなりが木に落ちるすさまじい様子がうかがえる。

きゃー！
そこにあるのは
終わりなきニョロニョロの群れ
そして落ちた稲妻のくすぶる匂い
（電気をおびているのがわかるでしょう）

絵本『それからどうなるの？』

もしニョロニョロにさわったら、イラクサに触れたようにかぶれるだろう。ひどい場合は、童話『たのしいムーミン一家』のスノークのおじょうさんのように、前髪がこげるかもしれない。

謎に包まれたニョロニョロの生態だが、多くのムーミン谷の住人は、結局それについては何も知らずに、おぞましいものだと決めつけているようである。

「あれは、ニョロニョロでしょう」
ヘムレンさんは、それがすべての答えになるかのように言いました。彼の口調はちょっぴり軽蔑していて、ちょっぴり慎重で、明らかに少し距離を置いたところか

> ら言っていました。まるで、部外者で、少し危ない、異なる人たちのことを話すときのように。
>
> 短編童話『ニョロニョロのひみつ』

ミムラによると、ニョロニョロたちは、たちの悪い人生をおくっていて、他人の考えていることを読みとれるという（それは「決して良いことではない」――ミムラ談）。しかしムーミン谷の住人の中には誰ひとりとして、たちの悪い人生がどういうものなのか、説明できる者も、説明したがる者もいない。ニョロニョロの生態は、神秘そのものであり、話題にのぼっても誰かにすぐに別の話題へと切り替えられてしまう。

> 「崩壊した人生」私、ムーミンパパは、興味を持って言いました。「いったいどんなふうに？」
>
> 「よくわからないんだ」ヨクサルは言いました。「おそらくやつらは、他人の菜園を破壊して、ビールを飲むんだ」
>
> 童話『ムーミンパパの思い出』

「やつら」などの三人称の代名詞で呼ばれることの多いニョロニョロたちは、他の生きものとは明らかに異なっている。種から生えてくるし、眠ることも凍えることもない。ムーミンパパは、ニョロニョロたちの空虚な存在感につよい関心を抱いている。彼らの沈黙は破られることのないもので、ケンカもしなければ、あいさつ代わりに手を振ることもない。なぜなら、「ニョロニョロがそんな日常的な行動をとるはずがない」からである。彼らは、できるだけ遠くへボートで漂流したいだけなのだ。

ある日、ムーミンパパが「ベランダでのんびりしている父」という役柄に飽きあきしていると、ニョロニョロたちがパパを迎えにきたかのように姿を現す。行くあてもない長い放浪の旅がはじまり、次第にムーミンパパ自身も、旅仲間のニョロニョロたちのように生気がなくなり、無口になっていく。ムーミンパパの瞳にも空の青しか映らなくなり、思考もまた「水平線に向かう気もなく、ひたすら漂う灰色の波」のようになる。しまいには、沈黙は神秘ではなく、腹立たしいだけになる。

やがてムーミンパパはニョロニョロのボートを奪うと、家に向かってひとりこぎだす。ニョロニョロの精神世界は理解できないほうが良い、という結論にたどり着いたのだ。

ニョロニョロたちは、ただ何かをさがし求めてさまよう生きもので、かみなりだけが彼らに命を吹きこむことができる。

ニョロニョロのボートは、帆を立てて帆船にすることもできるし、オールでこぐこともできる。『ムーミン谷の彗星』

私たちの世界のニョロニョロたち

いつの時代も、さすらいの旅人は、変わり者とされるもの。同じ場所に留まっている者にとっては、自由に移動する者たちの行動が最も気になるのだろう。ニョロニョロたちは、自分たちの行動を誰にも説明する必要がない。彼らは単純に、行動し、生きている。ただそれだけ。ニョロニョロたちは他人に何の期待もしていないが、他人にとっての彼らは格好の非難の的。おそらく、ニョロニョロたちが欲しがるようなものを、自分たちは何ひとつ持っていないことが、耐えられないのだろう。

ニョロニョロになってみよう

ボートで漂流することに人生を捧げる。冬用の白い軍服を用意し、一年を通し、夏でも着ていること（ところで、ニョロニョロがどこで冬を過ごすのかは知られていない。それをつきとめるためには、航海術を習わなければならない）。座ったまま眠れるように訓練する。目は、白縁のサングラスで隠すこと。

ふるさとの港から出航したら、絶対帰らなければならない理由ができない限り、帰らずに過ごす。休暇中はずっとボートで漂流し、その間の食料も十分に準備しよう。上陸して良いのは小島だけで、それもかみなりの鳴る天気のときに限る。

夏風がそよぎ、海面が鮮やかな青色にきらめくような晴天の日には、あまり浮かれすぎないように気をつけること。ニョロニョロにとって最適なのは、海面が激しく波立ち、灰色の空が何日も続くような天気。そんな日には瞳や、おそらく顔も、目指すべきニョロニョロ色に染まるだろう。雷雨のときの黄みをおびた灰色の空とくれば、「もう最高！」なのだ。

『小さなトロールと大きな洪水』

Tove

上・右上ともに『ムーミン谷の彗星』のもとになった初期の版『彗星追跡』より、いなごの挿絵。

いなご　HEINÄSIRKAT

童話『ムーミン谷の彗星』の初期の版で、巨大ないなごはバイオリンをひくが、聴衆の心を射止めることができない。「ぼくの曲はまったく現代的じゃない、なんて言われちゃって」と、ビールで勢いづいたこの音楽家は、森のダンス会場で嘆く。そんな彼も、合奏には喜んで加わる。スナフキンといなごは、草むらで一緒に「すべてちっちゃな生きものは、しっぽにリボンをつけている」という曲を練習する。ふたりが一緒に音楽を奏でると、ダンス会場は人でいっぱいになる。

同作品ではのちに、ムーミン谷付近の森へと、いなごの大群が雲のようになって押しよせる。ムーミントロール、スナフキン、スニフ、スノーク、スノークのおじょうさん、ヘムレンさんは、恐怖に縮みあがりながら、いなごたちが森を丸坊主になるまで食い荒らしていく様子を見ている。

童話『ムーミン谷の彗星』の初期の設定には、このいなごはエジプトから来た者たちで、ダンス会場のバイオリニストのいなごとは関係がないことが、次のように記されている。

「エジプトはどんなふうなんだい？」

とたずねるスニフに、いなごは答える。「貧しそうなところさ！」

このシーンは、旧約聖書の中で、神が大量発生したいなごの群れをエジプトに放ち、収穫する作物がすべて食べられてしまうという話に通じている（「出エジプト記」10章）。ムーミン童話では、いなごの大群は、彗星が引きおこした奇妙な現象のひとつとされている。

『ムーミン谷の彗星』

訳者注：童話の改訂版

トーベ・ヤンソンはいつも最善の作品を世の中に送り出すことを心がけていた。そのため海外版などには新しい表紙絵を描き起こしたり、一度出版した本を自ら手直しして改訂版を刊行することもあった。1946年に出版された『彗星追跡』は、1956年に改訂されて『彗星を追うムーミントロール』となり、1968年にはさらに改訂されて現在の『ムーミン谷の彗星』となった。文章や絵の変更のみならず、キヌザル（210ページ）をねこ（72ページ）に、洋梨をりんごに、といった明らかな設定変更も多く行われている。これは物語の舞台を北欧として意識したことによる。当初、彗星の衝突は10月7日だったが、冬に向かう北欧の季節感と合わないため8月7日に変更された。『ムーミンパパの思い出』も1950年の初版刊行後、1956年、1968年と改訂を繰り返して現在の版になった作品である。

ヘムル／ヘムレンさん
HEMULIT

ムーミン作品の中でも、最も多様な「ヘムル」という種族。彼らはおおまかに、典型的なヘムルと例外のヘムルのふたつに分けることができる。自分の人生がどういうものか、明確ではっきりしている者たちと、そうでない者たちのグループである。

ヘムルは、ムーミンの世界の異性装者だ。そのほとんどが、男性であるにもかかわらず、スカートやワンピースを着ている。それについての記述や強調するような脚注が、作品中でしばしば書かれることがある。

一行は、ヘムレンさんのスカートのおかげで命を取りとめる。『ムーミン谷の彗星』

> ヘムレンさんはいつも、おばさんのお下がりのスカートをはいていました。ヘムル族はみんな、いつもスカートをはいて過ごしているらしいのです。変わっていますが、事実なのです。
>
> 童話『たのしいムーミン一家』

典型的なヘムルは精力的で、整理整頓に情熱を燃やし、多かれ少なかれみんな生真面目。常に何かをしていないと気がすまない性格の持ち主で、切手収集に夢中になる者もいれば、昆虫採集や植物採集に明けくれる者もいる。植物学者や動物学者のヘムレンさんたちのように、複数のヘムルには自然科学に興味を持つ傾向が見られる。人生を、熱狂的に研究やコレクション収集のために捧げる。

コレクションが完成してしまうと、人生の方向性を見失ってしまうため、彼らはただならぬショックを受ける。学者のヘムレンさんが目的とするのは、物事や現象に名前をつけ、番号をつけて整理すること。そのため、たとえ珍しい花を見つけても、その美しさにまでは気がつかない。彗星がムーミン谷を襲うとき、ヘムレンさんは切手コレクションがめちゃくちゃになることを一番嘆く。他人の顔色をうかがうことはまずなく、他人を助けることがあるとすれば、それはまったくの偶然である。

> 「ありがとう、親愛なるヘムレンさん」ムーミントロールはそう言って、光の中でまばたきをしました。「あなたは、もうダメだというときに、ぼくらを救ってくれた！」
>
> 「私が、きみたちを助けたっていうのかい？」ヘムレンさんはおどろいて聞きました。「そんなつもりはなかったのだが。下のほうでブンブン飛んでいた虫をさがしていただけの話だ」
>
> 童話『ムーミン谷の彗星』

ヘムルとは？

ヘムルという言葉の意味は、その対義語によって明らかにされる。法に関する古めかしい文面などで使われることのある、スウェーデン語の言葉「ohemul（オヘムル）」は、「不当・不適切な」という意味。それに対する「hemul（ヘムル）」という新しい形容詞（厳密には実在しない）が作られ、このキャラクターにその名がつけられた。もし誰かが、正当で、適切であるなら、その人はヘムルそのものである。

クロスカントリースキーをするヘムレンさん。『ムーミン谷の冬』

決まりを崇拝するヘムル

周囲にとって最も困ったヘムルは、他人の生活に干渉するタイプ。決まりごとや任務を定めることに全精力をそそぎ、他の人たちが決まりを重んじているかを監視する。

童話『ムーミン谷の夏まつり』では、公園番のヘムルが「公園内への立ち入り禁止」「芝生の上に座ること禁止」などの立て札を立てる。公園番のおかみさんは子どもたちが体を洗えたかチェックし、お役人ヘムルは真夜中でも建築確認のために起こしにくる。ムーミンたちの親戚にあたる裕福なヘムルのジェーンおばさんにいたっては、ムーミン一家が正しい方法で病の床に伏しているかを確かめにくる。

健康維持に情熱をそそぐヘムルたちも、極端なヘムルのグループのひとつ。体を洗うことやオートミールを食べることへの重要視は、ヘムルらしさの基礎であり、その重要性について常に語らずにはいられない。彼らにとって一番健康的な季節は冬。

童話『ムーミン谷の冬』に登場するヘムレンさんはムーミン谷の住人に、スキーや寒中水泳を一緒にしようとうながす。ヘムレンさんは、寒中水泳の持つ精神的効果も強調する。「無駄な考えごとや妄想をすべて洗いながしてくれるんだ。信じてほしい。室内でじっと座っていることほど、危険なことはないのだから」

『さびしがりやのクニット』

ヘムレンさんは、川岸で準備体操中でした。「気温が氷点下になるって、不思議だと思わないかい！」彼は叫びました。「私はいつも冬になると、体の調子がとてもいいんだ。きみたちもごはんのまえに、川でちょっと泳いでいかないかい？」

童話『ムーミン谷の冬』

逆に、童話『ムーミン谷の十一月』のヘムレンさんは、朝になるたびに、逃れなければならないような考えや思いでいっぱいになる。

ヘムレンさんは、ゆっくりと目を覚まします。そして、自分が誰であるかを思い出して、誰も知らない人になれたらどんなに楽だろう、と考えました。

童話『ムーミン谷の十一月』

そして、ヘムルとして生きることについても考えをめぐらせる。他の人がただ、決まりのないのんびりとした日々を送っているあいだ、ヘムレンさんは朝から晩まで活発にあれこれ奮闘する。でも一度だけ、「世界は、ヘムルみたいな人がいなくても、きちんと動いていくのではないだろうか」（童話『ムーミン谷の十一月』）という恐ろしい考えが、ヘムレンさんの頭をよぎったことがある。

嫌われ者のヘムル

ひとりぼっちに
なることはない。
いつだって
何かをするのに
大忙しだから

ムーミン世界の住人たちの多くは、ヘムルたちとの人間関係に頭を悩ませる。

スナフキンは彼らの立て札に激怒し、フィリフヨンカは彼らが「整理整頓ばかりする」ことにかんしゃくを起こす。ムーミントロールは、スキーをするヘムレンさんを好きになろうと努力するが、最終的には「ヘムレンさんの黄色と黒のセーターを見るだけで、どんなに気分が悪くなるか」を認めざるを得なくなる。ムーミンパパの中では、幼少時代からすでにストレートなヘムル嫌いの種が芽を出す。ヘムレンおばさんのみなしごホームで育ったムーミンパパは、とあるハリネズミに、ヘムルについて次のように述べている。

「ヘムルは、ひどく大きい足をしていて、ユーモアのセンスなんてこれっぽっちも持ちあわせていないんだ。ヘムルは、そういう気分だからという理由で何かをすることはなくて、やらなければならないから仕事をこなす。それで、他人のおこないについて、本当はどういうふうにしなければならなかったのかって、延々と説明して……」

「まぁ、なんてこと！」ハリネズミはそう言うと、シダの陰に隠れました。

童話『ムーミンパパの思い出』

ムーミンパパによると、ヘムルたちには「繊細なニュアンスを理解する心」もなければ「センス」もない。何千というニブリングの群れがヘムレンおばさんを連れさったとき、ムーミンパパはおばさんの救出を断念する。

コミックス『ムーミンパパとひみつ団』では、ムーミンパパの若い頃のヘムルに対するトラウマが、年を重ねて癒えていく様子がうかがえる。大人になったムーミンパパはあたたかい気持ちで、みなしごホームを囲っていた有刺鉄線の柵を思い出し、ホームを訪ねていくが、懐かしい思い出の旅は悪夢へと変わる。ムーミンパパは、単位が取れずに残っていたコースを取り直さなければならなくなり、ホームに残ることを余儀なくされる。幼い頃に破った規則も、ヘムレンおばさんはきっちり覚えていた。

音楽の才能の有無も、ヘムルたちを分類する特徴のひとつ。コレクターのヘムルについては、「音楽の才能はない」と述べられている。ヘムルの誰かが楽器をひこうすると、彼はとてつもない騒音を発する。あるヘムルのグループは、さまざまな大きな音を好むと言われている。楽器の中でも、ヘムルに人気があるのは金管楽器。ヘムルたちの集まるパーティーでは、花火の爆音とともに、トロンボーンが鳴りひびく。王さまのパーティーでは、ヘムル自由楽団が賛美歌「愚かな民を守りたまえ」を奏でる。

昆虫採集をするヘムレンさん。
『ムーミン谷の彗星』

子どもたちに公園を作るヘムレンさん。
『しずかなのがすきなヘムレンさん』

例外のヘムル

ムーミン作品には、「まっとうなヘムル」のレールから脱線した者も登場する。おそらく、生まれたときからそのレールにそぐわない者もいるだろう。

ヘムル失格な者の例として、童話『ムーミン谷の夏まつり』の小さなヘムルのむすめがいる。シャイで親切な彼女は、一緒に暮らすろうや番のいとことは正反対な性格の持ち主。心を落ちつかせるために、いつもせっせと編みものをしている。そして、囚人たちをお菓子とスグリジュースの入った紅茶でもてなしたあと、彼らを逃がしてやる。

ヘムルにしては異例なほどの忠実さを見せるのが、コミックスに出てくる幸せそうな警察署長のヘムレンさん。レースが好きで、ろうやも居心地の良い場所にしようとインテリアに力を入れる。署長さんが最も心惹かれるのは、バラの花。ムーミンたちの友人であり、法律も頭でっかちに解釈することはない。ムーミンたちに、密造酒の蒸留器を隠すように頼むこともある。

他のヘムル族たちに理解されない人生を歩む者もいる。短編童話『しずかなのがすきなヘムレンさん』の主人公は、ヘムル一族が経営する遊園地に住み、老後を、けたたましいラッパの音や、ヘムルの豪快な笑い声や、陶磁器が割れる音が聞こえてこない場所で過ごすことを夢見ている。ようやく、ひとりきりになれる自分の家を手に入れたが、なかなか自分の思いどおりにはいかない。しかし最終的には、親類のヘムルの入場はお断り、でも子どもたちは大歓迎という、魅力的な沈黙の園ができあがった。

ろくでなしのヘムルもひとりいる。コミックス『署長さんの甥っ子』に登場する彼の名は、クラース。クラースは、おじさんの職場で密造酒を作ったかと思えば、ポーカーで勝って警察官の制服を手に入れる。クラースのおこないが最大の害を及ぼすのは、彼の内なるヘムルらしさが表に出てくるときだ。

警察官になることに目覚めたクラースは、任務を遂行することに誰よりも心血をそそぎ、意味のない理由でムーミン谷の住人を次々と逮捕する。それをやめさせるために、署長さんはありもしない火薬の密輸事件の取り調べをクラースに任せた。しかし、クラースは本物の密造たばこを発見する。彼は一度密造たばこを試したあと、自分には似合わない警察官としてのキャリアに終止符を打つ。クラースは再び、ポートワインを片手にだらだらと過ごす、元の彼自身に戻る。

コミックス『ふしぎなごっこ遊び』に登場するフィリフヨンカの家政婦マーベルは、ヘムル的な生き方を逃れるために、二重生活を送っている。昼間はフィリフヨンカ宅で家事を几帳面にこなし、夜になると映画スターの自分を想像し、優雅な時間を過ごす。マーベルは、有名なヒロインという別人格になりきって、その人生について毎晩手紙

ろうや番のヘムル。
『ムーミン谷の夏まつり』

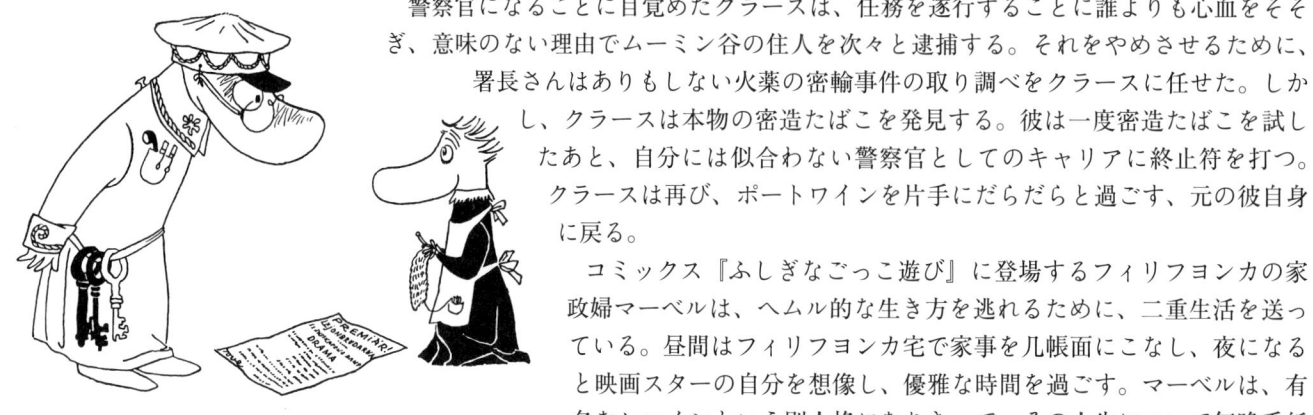

ろうや番のいとこにあたる小さなヘムルは編みものが好き。

『ムーミンパパとひみつ団』

食虫植物が植物か動物かを論争する、植物学者と動物学者のヘムレンさんたち。
『ジャングルになったムーミン谷』

仮病のムーミンたちの世話をしにきたジェーンおばさん。『ムーミントロールとジェーンおばさん』

おしゃべりさせてくれて、ありがとう

で事細かに妹のミーサに報告する。

コミックス『レディ危機一髪』でのマーベルは、現実でも女優としての実力を試してみる。ムーミン谷の女性たちが、映画のヒロイン役をめぐってせめぎあいをしている中、マーベルは誰よりも熱烈にヒロイン役に対する執着心を見せた。新しいイタリア映画の魅力的な女優「メリナ・マンガニア」の真似が情熱的すぎて、プロデューサーをハラハラさせる。

悲観的なヘムル

ヘムルについて一番残念なのは、ヘムル自身がヘムルらしさというものを理解していないということ。ヘムルは自分たちのことを、人の役に立つばかりではなく、親切で愉快だとさえ思いこんでいる。その場の空気を読むという能力が著しく欠けているのだ。良い聞き手になってくれないという事実は、多くの人から敬遠される理由として十分である。童話『ムーミン谷の十一月』のヘムレンさんは突然、無性に誰かと話をしたくなり、スナフキンがひとりで静かにしていたいのも理解できない。

これまで明言されなかった真実だが、ヘムルはどうしようもなく退屈な生きものである。彼らはたくさん話をするが、ありふれた話題ばかり。たまにかっこいいことを言ってみようと思っても、スナフキンやムーミンパパの言動を真似することくらいしかできない。それでも、ヘムルは「人生とは川の流れのようなものだ」という言葉を思いつくと、それはまったく新しいものの考え方だと思いこむ。

ムーミンのどの作品を見渡しても、ヘムルに恋する者はほとんどいない。童話『ムーミン谷の冬』のヘムレンさんは、唯一の例外である。小さなはい虫のサロメちゃんは、大きくて、安心感を与えてくれるヘムレンさんに恋心を抱く。何よりも、野山をスキーで駆けめぐるヘムレンさんが奏でるラッパの強烈な音楽が、大好きなのだ。

ヘムレンさんは、ヨットに乗るのが好きではないことを、ホムサに打ちあける。『ムーミン谷の十一月』

私たちの世界のヘムルたち

「日常」という言葉が、そのまま人の形を成したような人たちがいる。会うと安心だが少し退屈な気分になり、その姿は日常の風景に溶けこんでいて、さまざまなシーンで役に立つ知識を持っている、それがヘムルである。世界はヘムルの存在によって支えられ、彼らもまた日々、同じことがくり返される世界を必要とする。

ヘムルと言葉を交わすと（ひと言も交わさずに通りすぎるのは不可能）、少々飽きあきした気持ちになり、ときどき苛立たしいような後味が残る。ヘムルによると、天気はいつも暑すぎるか、他の意

上・中ともに『署長さんの甥っ子』

妹に手紙を書くマーベル。『ふしぎなごっこ遊び』

マーベルは、持って生まれた映画スターの才能を自分の中に見いだす。『レディ危機一髪』

ヘムレンさんが朝やるべきこと。
『ムーミン谷の十一月』

味で最悪で、そのあとで誰がどんな決まりをやぶったかという話を持ちだす。誰かが牛乳パックをつぶさないでゴミに出したから、資源ゴミのゴミ箱がいっぱいだとか、壁のペンキのぬり方が雑なので、何度業者に電話しても、ぬり直しにこないだとか。

また、学者のヘムルは、そのエネルギッシュで研究熱心な姿勢が、人々の心に尊敬の念を抱かせることもある。

みんなが眠ったり、友人や家族と過ごしたりしている間も、ヘムルは野外を歩きまわり、新たなサンプルをビンに詰めこむ。しかし、ヘムルの能力は、研究とはいえ物事を描写する程度にしか及ばない。表やグラフを作ればお手本そのものだが、その実験結果からはありふれた結論しか導きだせないのだ。ヘムルの綿密な表をもとに、別の人が分析をして画期的な発見をすることはできるが、このような視覚型学習者には、ヘムルのような綿密な基盤となる作業は真似できない（博士論文の序文で最初に感謝の意を示すのがヘムルへの礼儀というもの）。ヘムルだけが、新しい表計算ソフトや数値データの集計方法を習得するほどの辛抱づよさをそなえている。つよい関心を持つあまり、その開発に一生を捧げることになるヘムルも少なくない。

問題が生じるのは、ヘムルがリーダーに就いたとき。さまざまな書類に必要事項をきっちり正しく記入するのが好きで、他の人もそうすることが自身のためであると考えている。ヘムルの部下は、次々と導入される新しいコンピュータープログラムの猛攻撃に遭うかもしれない。空欄がすべて埋まって初めて、ヘムルは心穏やかでいられる。

もし部下もヘムルであれば、何の問題も生じることはない。しかし、スナフキンならばボスに激怒し、従順なムーミントロールの場合はボスの期待に応えるよう努力し（そして次第にストレスをため）、ミムラはヘムルのおこないそのものに長時間笑いころげるだろう。

ヘムルになってみよう

クローゼットの洋服の色を、茶色や灰色に替えてみる。大きな麻袋のような上着やチュニックを選ぶようにし、大きくてずっしりとした靴をはくこと。部屋のインテリアもクローゼットの中と同じカラーでまとめ、柄物、特に花柄はすべて排除すること。カーテンは太陽の光をさえぎればそれでいい。

次の日に何をするか、前夜にちゃんと考えておく。やるべきこと、仕事、役割、プロジェクトといった言葉をくり返し使う。コーヒータイムやランチタイムなどには、仕事中でなくても仕事の話をし、なるべく多くの人に聞こえるように、ひとつひとつ綿密に計画を立てる。同じ話を同じ人が何度も聞かされる事態になってもかまわない。この世界をどうやって作りあげていくか、どうやって作りあげてはならないかを考えてみることは、すべての人にとって良い機会になるのだから。

グリムラルンさん
HERRA NURINA

グリムラルンさんは、ムーミンたちが冬眠をはじめようとしているところに、突然ムーミン屋敷へやってくる。「あんたたちが、おかしな人たちで、お客が大好きなのは誰もが知っていること」という理由で、ムーミンたちをせかせかと動きまわらせ、自分のための寝床を用意させる。グリムラルンさんは、今ちょうど手に入らないものを、あえて要求する。ベッドや食事や騒音に対する文句だけでなく、同じようにムーミン屋敷へなかば乱入してきた他のお客さんのことまでぼやく。

『おかしなお客さん』

不快な音を立てて咳ばらいをし、傲慢に他人にけちをつけるグリムラルンさんにも、ひた隠しにしている一面がある。閉ざされたドアの向こうで、彼は白いレースのハンカチを編んでいる。しかし、彼の秘密がみんなにばれると、ムーミン屋敷の雰囲気は穏やかになる。彼は機嫌を良くして、ウイスキーをほめるほどである。

外見で言うと、グリムラルンさんはムーミン世界の中でも大型の、たれさがった毛長の耳を持つ男性キャラクターに分類される。その容姿は、たとえば鉄道の労働者（170ページ左下）やムーミンパパの古き友人フレドリクソンを思わせる。しかし、これらのキャラクターを比べてもわかるように、外見がその人の性格をも物語ることは、ムーミンの世界でもありえない。フィンランド語のNurinaは「文句を言う」の意味。スウェーデン語名はGrymlarn。

ははぁ、
コーヒーか！
おいしいなら、
わしも一杯
もらおう

ママの料理にもひと言いわずにはいられない。
『おかしなお客さん』

グリムラルンさんの嫌味な性格とフルフィンスさんの気を遣いすぎる性格が改められたとき、ムーミン屋敷の日常に平穏が訪れる。『おかしなお客さん』

ブリスクさん　HERRA VIRKKUNEN

コミックス『やっかいな冬』に初登場するブリスクさんは、スポーツのインストラクター。ありあまるほどにエネルギッシュなブリスクさんは、気が乗らないムーミンたちをスキーやスケート、寒中水泳に連れだす。ムーミン一家は、ブリスクさんが去ったあとも、彼が再びムーミン谷にやってくることを、複数のコミックスのエピソードで恐れているが、ある夏の日、彼はボーイスカウトの服装でムーミン一家の前に姿を現す（コミックス『ムーミントロールとボーイスカウト』）。

ムーミンたちがスキーですべれるようにならなくても、ブリスクさんが気を落とすようなことはない。「明るく元気にいこう！　合間に今度はスケートに挑戦してみよう！」。そんなブリスクさんも、教え子のミムラに負けたときは、自殺を考えるほどに落ちこむ。ブリスクさん自身は運動にしか興味がないが、スノークのおじょうさんとミムラは彼に夢中。特にミムラは、ブリスクさんに自信を取りもどしてもらうために、ブリスクさんが勝つように仕組んだいかさま試合を催す。フィンランド語名のHerra Virkkunen、スウェーデン語名のHerr Brisk、英語名のMr.Briskはともに「元気な人、てきぱきした人」の意。

ブリスクさんはコミックスでのみ登場する人物だが、童話『ムーミン谷の冬』のヘムレンさんと共通している面が多い。どちらもギザギザのしま模様のセーターを着ていて、冬に体を動かすことに対して度がすぎるほど意欲的。ふたりとも、外で運動することや寒中水泳をこよなく愛し、他の人がいかに気乗りしないかを察することができな

こうやって
体力を
維持するのさ！

『やっかいな冬』

『やっかいな冬』

い。童話『ムーミン谷の冬』のヘムレンさんは、ブリスクさんのコピーであると言える。なぜなら、ムーミンたちはコミックスの中で初めて冬を体験し、童話はそのあとのできごとだから。

コミックス『ムーミントロールとボーイスカウト』では、ガールスカウトのグループを率いる、ブリスクさんの女性バージョン、ミス・ブリスクが登場する。

私たちの世界のブリスクさんたち

ブリスクさんは、頑固な性格や不快感を与えるスマイルが特徴的な、スポーツ万能のキャラクター。自分のアイデアの良し悪しを疑うことはない。自分がやりたいスポーツを他の人もやってみたいと勝手に思い込んで勧めるように、自分のビジョンの実現のために部下をふるい立たせ、おどろくような成果を出させるなど、社長や政治家のような一面を発揮することがある。

ブリスクさんが肩を落とすのは、自身が負けたときだけ。彼は、部下に成長や前進をうながす反面、自分を追いこしてもらうつもりはないのである。そのようなことが起こった場合、彼はこれ以上ないほど落ちこむ。

ヘムレンさんとブリスクさんは似たキャラクターではあるが明らかなちがいは、ヘムレンさんが決まりごとやルールを重んじるのに対して、ブリスクさんは目標達成を最も大事にするところ。ブリスクさんの使命は人を結集させること、ヘムレンさんの使命は人を支配下におくことである。

『ムーミントロールとボーイスカウト』

ブリスクさんになってみよう

口と目を絶えず開いておいて、片時も閉じないこと。前歯が全部見えるような笑い方を練習する。前歯の長さが足りない場合は、歯茎も出すことで長さを確保する。寒中水泳をしている自分を思いうかべると、笑顔が凍りついてちょうど良いだろう。

棒のようにピンと背筋に力を入れ、手足をまっすぐ伸ばしたまま動かす。頭は一度に少なくとも90度は回転させる。何をするときも、背筋はまっすぐ伸ばしたままをキープ。もちろん、ひざはまげても良い。緊急事態（部下や生徒に負けたとき）に周囲の同情を誘う必要がない限り、この姿勢は保っておく。

元気良く！

馬　HEVOSET

ムーミンの世界で最も重要な馬のキャラクターは、プリマドンナの花模様の馬と、うみうまたち。これらについては、「はなうま／うみうま」（78ページ）を参照のこと。ここではそれ以外の馬について。

コミックス『タイムマシンでワイルドウェスト』や『ムーミン谷の小さな公園』で、ムーミンたちは馬の背にまたがる羽目になるが、なかなか上手にこれをやりとげる。しかし、コミックス『ムーミントロールと乗馬』でのムーミンパパは馬売りにだまされ、「稲妻」という名の馬とともに家まで歩いてくる。これが困難のはじまりだった。馬は、名前とは正反対で動きがにぶい。さらに庭の花を食べてしまうので、ムーミンママはとうとうスティンキーに助けを求める。むかし馬どろぼうは縛り首になったというムーミンママの話が、スティンキーの心を揺さぶったかと思うと、あっというまに馬はスティンキーとともに跡形もなく消えさる。

ねずみ　HIIRET

ムーミンの世界には、伝統的なおとぎ話のように、森の小さな動物たちが存在する。

ねずみもそのひとつ。最も無礼なねずみが、童話『ムーミン谷の夏まつり』のはつかねずみのおかみさん。彼女は、自然災害すら今どきの若者たちのせいにする。ムーミンたちの行動や持ち物をもとがめ、ムーミン屋敷への誘いもきっぱり断る。

コミックス『ひとりぼっちのムーミン』では、小さな黒いねずみが、いつもムーミントロールのあとを音もなくついて走る。コミックス『ムーミン谷への遠い道のり』で、この黒くておなかが白い小さなねずみは、いとこのソフスにその役割を引きつぐ。全身真っ黒なねずみのソフスは、セリフのない脇役にとどまらず、スノークのおじょうさんとムーミントロールの再会を手伝う。

ムーミン作品のねずみには、たいてい家族がいる。こけの茂みに住みつくが、ムーミンたちのラジオに住むこともあり、ムーミンママがエサをあげたりもする。コミックス『ムーミン、海へいく』で、ムーミン一家が冒険に出かけると、ねずみたちは嬉しそうにムーミン屋敷の客間のソファーに引っ越す。

この他にもさまざまなシーンでムーミンたちに寄りそうその姿は、もともとトーベ・ヤンソンの風刺画に登場していた小さなスノークという名の生きものを思わせる（102ページ「ムーミン族」参照）。

『ムーミン谷の夏まつり』で、洪水から逃れたねずみたち。

パパがあれを
買ったの?
そうだよ
いったい何を考えていたのかしら。
またこんな、ひどくブサイクな馬を買ってきて
しかもおかしなことに、誰かに似ている
気がするわ

『ムーミントロールと乗馬』

ちょっと失礼…

『タイムマシンでワイルドウェスト』

きみは誰!? もう3か月も
ぼくのあとをついてきている
じゃないか!
ぼくはソフス。
今まで誰も
ぼくに気が
つかなかった
んだ!

『ムーミン谷への遠い道のり』

変わった
人たちだ。
また出かけ
てったぜ
いいじゃないか。
これでまたソファーに
移り住むことができる

『ムーミン、海へいく』

怪物や猛獣たち　HIRVIÖT JA ILKIÖT

『ムーミン谷の彗星』で、ガーネットのある深い谷間を守っている大とかげ。最初スニフは、とかげの目も大きな宝石だと思って近づくが、勘違いだとわかるとすぐに逃げだす。

ムーミンの世界には、さまざまな怪物が存在している。なかでもモランは独特なキャラクターである。他にも、ひとつのエピソードに限って登場する空想の動物や植物などの生きものがいて、恐怖心を大きくあおる。最も恐ろしいのは、ぐにゃぐにゃした触手やするどい牙を持つ者。暗闇に光る目も、怪物が丸ごと姿を現す前に、主人公たちを縮みあがらせる。

ムーミン世界きってのこわい登場人物たち、モラン、氷姫、竜のエドワードに関しては、またそれぞれ個別のページで紹介されている。こわいヘムレンおばさんよりも、やはり巨大な竜のエドワードのほうが恐れられているということは、覚えておいたほうがいいだろう。

『彗星がふってくる日』のもとになったのは、フィンランドの雑誌「ニィ・ティード」に1947年から連載したコミックス『ムーミントロールと地球の終わり』。この連載では、ガーネットの谷間に住んでいるのは大とかげではなく、単に「怪物」とされている。その怪物の任務は、「呪いがかけられたすべての宝石を守ること」。怪物は、スニフを襲う代わりに、ムーミントロールの投げたウールのズボンに噛みつく羽目になる。

深海の最も恐ろしい怪物である巨大なタコは、ムーミントロールに向かって手足を伸ばす。そのとき、スノークのおじょうさんが鏡で光をタコの目に反射させ、ムーミントロールを助ける。多くの読者をこわがらせるこの挿絵は、『ムーミン谷の彗星』のフィンランド語版の初版には掲載されていない。新版では挿絵が掲載され、タコのこわさを少々抑えた文章になっている。

『ムーミン谷の彗星』では、ムーミントロールとアンゴスツーラという名の食虫植物が格闘する。毒を持つ黄緑色の花が、この植物の目となっている。勇ましい戦いは、ムーミントロールが植物の「手」を切りおとしたところで決着がつく。

アリジゴクは、砂に穴を掘り、あと少しでムーミンママをエサに捕らえそうになる(『小さなトロールと大きな洪水』)。すぐに機嫌を悪くするアリジゴクは、ライオンとアリジゴクとを合わせて、トーベ・ヤンソンが作りだした生きもの。実際のアリジゴクは、ウスバカゲロウの幼虫である。『たのしいムーミン一家』の中では、スウェーデン語の単語myronlejonet(造語「湿地帯に住む獅子」)は、ムーミントロールとスノークを食べようとする、ウスバカゲロウとフィンランド語に訳されている(日本語版では「アリジゴク」)。ふたりがウスバカゲロウをだまして大きなビンの中に閉じこめることに成功し、それを飛行おにの帽子に入れると、ウスバカゲロウは無害な小さなハリネズミに姿を変える。

『ムーミントロールと地球の終わり』で、津波から身を守るためにムーミンたちが乗りこんだゴムボールの救命ボート「ムーミン2号」に、巨大なクジラがかじりつく。ムーミン2号は、丸い形をとどめたまま、クジラの歯と歯のあいだに挟まり、ボートに乗っている一行が大声で叫ぶと、クジラは口からボートを吐きだす。

『ムーミンパパの思い出』の中で、最も恐ろしい生きものは、小さなものから大きなものまで海の生きものすべてを恐怖に陥れる、息の荒いうみいぬ。うみいぬの唯一の挿絵は、第7章冒頭のイニシャルに描かれている。潜水艦「海のオーケストラ号」の舵はうみいぬに食べられてしまったが、その直後にあやまって竜のエドワードに踏みつぶされて、うみいぬはシチューの具のようにぐちゃぐちゃになってしまう。

次の見開きのページは『ムーミン谷へのふしぎな旅』に出てくる怪物。右端の洞くつの中から伸びたぐにゃぐにゃした手足しか見えない。トーベ・ヤンソンの文によると、怪物は描くにはおぞましすぎるため、スウェーデン語ではただ「何者か」、とだけ呼ばれているという。怪物が姿を完全に現す前に、トゥーティッキの操縦する気球が助けにくる。

Tove

ホムサ　Homssu

『ムーミン谷の夏まつり』

童話『ムーミン谷の夏まつり』で初めて登場するホムサは、小さくて真面目な生きもの。彼はいつも、物事が生じる理由とそれが及ぼす影響について理解したがる。他の人が、命が助かる方法や朝ごはんのことを考えているあいだ、ホムサは「どうやったらあんなに大きな波が風もないのに生まれるんだろう」と、洪水の起源について考えをめぐらせる。ムーミン一家と一緒に水に浮いた劇場に避難してもなお、不思議がることをやめない。そこでは、ジャムは石膏でできていて、階段は空中で途切れている。

> 「誰かがぼくをからかっているんだ」ホムサは思いました。「でもこんなのぼくは楽しいとは思わない。ドアも階段も、その向こう側は、どこか別の世界とつながっているべきだ。もしミーサなんかが急に、ミムラのようにふるまいだしたりしたら、この世はどうなってしまうだろう？　ホムサがヘムルのようにふるまいだしたりなんかしたら！」
>
> 童話『ムーミン谷の夏まつり』

ムーミン一家が新しい家（劇場だとは思っていない）になじもうとするかたわら、ホムサはおかしな物事を解明する筋の通った理論を見つけようとする。物語の終わりには、ホムサは彼に適役の舞台監督になる。もう作り物のかみなりがホムサをこわがらせることはない。今ではホムサの指示で、かみなりが鳴るのだから。

彼が手の中に
熱帯雨林の
嵐をにぎって
いたなんて、
誰も知らな
かったんだ

ホムサの仲間は、他のムーミン作品の中でも空想に浸り、事実よりも空想に心惹かれる者もいる。『ムーミン谷の仲間たち』に収録されている短編童話『ぞっとする話』の主人公は、空想のマングローブの森に敵から逃れて隠れている、「ホムサの末から2番目の子」。彼の弟は、自分たちが今、はっているのがレタス畑だということをホムサに思い出させ、せっかくの空想をだいなしにする。

> 「ねぇ」溝のふちで弟が言いました。「ぼく、家に帰りたい」
> 「おまえは、もう二度と家には帰れない」兄は暗い声で言いました。「おまえの骨は草原で白く干からびて、父さんと母さんは悲しみにおぼれるんだ。誰もかれも何もかも、もうどうしようもなくなって、ハイエナが高いところで吠えるんだ」
> 　弟は、口を開いて勢いをつけると、大声で泣き叫びはじめました。ホムサは、これは長引きそうだなと思い、弟を残したまま、溝をはって進みつづけました。彼はすっかり冷静さを失っていました。もう敵がどんな姿をしていたかも、思い出せなくなっていました。
>
> 短編童話『ぞっとする話』

『ぞっとする話』のデッサン画。

想像力とは気まぐれな能力で、ホムサはうまく想像したいと思っているが、いつもそれができるわけではない。現実に連れもどすようなことを言う弟がいなくても、想像の世界で創りだした登場人物や雰囲気を形として残しておくことはできない。空想のシーンはふいにぷつんと消えてしまうし、あげくの果てに敵の顔すら思い出せなくなる。または、すべて暴走して手に負えなくなってしまう。短編童話『ぞっとする話』のホムサの想像したどろへびや、幽霊馬車や生きたきのこは、最後にはホムサに襲いかかってくる。

ホムサがムーミンキャラクターの中でも特別だと言えるのは、彼の存在が、彼自身の言動や行動よりも、空想から成りたっているからである。

童話『ムーミン谷の十一月』の主人公のひとりであるトフトという名のホムサは、ヘムレンさんの舟の防水シートの下に住んでいる。巻かれたロープの中にうずくまりながら、ホムサは自分自身に夏のムーミン谷について話して聞かせる。

> ホムサは、一生懸命言葉で表そうとしました。目の前が、森からひらけた野生の庭に変わるのがどんなふうだったのかを。太陽の光に辺り一面照らされていて、緑の葉が風に揺れながらぶらさがっているのを。頭上やあちらこちらにも緑の草がいっぱいで、芝生には木漏れ日がまだら模様を作っているのも。ハナバチが飛ぶ音も、そこにあるすべての香りも。ホムサは川の流れる音が聞こえてくるまで、ゆっくりと前に進んでいきます。
>
> この話の中で、何も変えないでおくのは、とても大切なことでした。一度、彼は小屋を川の岸辺に移したことがありましたが、それは間違いでした。川辺には、橋とポスト以外は何もないままにしておくべきでした。その先にはライラックの植木やムーミンパパの薪割り場もあって、どちらもホッとする夏の香りがしていました。
>
> 童話『ムーミン谷の十一月』

『ムーミン谷の十一月』

さらに鮮明に想像し上手に話せるように、ホムサは空想の中のムーミン谷を実際に見にいくことを決心する。しかし、谷は秋を迎えていて、ムーミン一家も留守にしていたのである。

ムーミン屋敷で、ホムサは新しい空想の対象を見つける。屋根裏で見つけた本に書いてあったちびちび虫。その本によると、ちびちび虫とは、絶滅の危機にさらされている最古の生きもので、生息するために必要な条件は、「電気」。

ホムサは、ちびちび虫の話に、かみなりを伴う嵐をつけ足して、頭の中で想像をめぐらせる。やがてちびちび虫は、彼の手には負えなくなり、凶暴で巨大になっていく。ちびちび虫について語るとき、ホムサは自分自身の話もする。初めて怒りをあらわにするとき、ホムサにも牙が生える。

「メリーゴーラウンドは、ホムサと彼らの風船でいっぱいだ！」（クニットが数えたところ、ホムサは全部で13人いました）
『さびしがりやのクニット』（上・右ページ）には派手なホムサが多数登場する。ホムサたちの格好はみんな同じで、行動もまた同じである。幼い読者たちはいつもちゃんと、ホムサたちを見つける。

「これは、ぼくのかみなりだ」トフトは思いました。「ぼくが、これを作ったんだ。ついに、目に見える物語を語れるようになったんだ。それを世界で最後のちびちび虫に聞かせてやるんだ。原生動物に分類される、小さな電気虫に……」『ムーミン谷の十一月』

ホムサがどんなことを考えているか、他の人は知らないし、彼も自分自身にしか空想の話をしない。やがてホムサは、幸せなムーミン谷の陰の部分も知ることになる。家の裏の気味の悪い森、それはムーミンママが怒っているときや悲しいときに行く場所だったのだ。

童話『ムーミン谷の十一月』のホムサは、他の登場人物にはない、特別な役割を持つ。唯一ホムサだけが、帰ってくるムーミン一家に会うことができる（もし会えるのだとしたら。これは読者の解釈におまかせしたい）。

ムーミン童話シリーズ最後の物語は、ホムサが錨のロープを受けとりに海辺へ向かうシーンで終わる。本のストーリーを語るホムサは、若き日のトーベ・ヤンソン自身を彷彿とさせる。

私たちの世界のホムサたち

ムーミン作品に登場するホムサは、旺盛な知識欲と圧倒的な想像力を持ちあわせた子ども。私たちの世界の子どもたちもみんなホムサとして生まれるが、その後どれほどホムサらしさを保つことができるかは環境次第だと言える。

ホムサたちは、この世界は理解のできるもので、少なくとも心を躍らせ、美しく語ることができるものだと信じている。空想するということが、どんなに楽しくて恐ろしいことか。また、いくつかのキーワードとなる言葉や物だけで、どのように世界を丸ごと創造することができるのか。どんな冒険や秘密や香りが、森や廊下、地下室に潜んでいることか。彼らほどよく知っている者は他にいない。

外見だけ見た場合、ホムサたちは何もわかっていない迷子のように見えるかもしれない。実際、巧みに創られた空想の世界は、めまいを起こすほどリアルで、そこでは迷子にもなりやすいので、空想中に関してはある意味当てはまる部分もあるだろう。ときに空想は、誰ともそれを分かちあうことができなくなるほど、すさまじいものに、またはすばらしいものに育つ。その一方で、分かちあえないほうが良いこともある。特に、ヘムルと分かちあうのはやめたほうが良い。

なかには、不安な思いを抱いているホムサたちもいる。彼らは、いつも元気いっぱいに遊んでいるようには見えないかもしれないが、そういうものが健康な子ども（または大人）のふるまいだと考えられがちなのは確かである。ホムサは、ひとつひとつの言葉やメロディーに心をふるわせ、何週間もそれらをひたすらぶつぶつとくり返す。また、無表情のまま遠くを見つめていて、話しかけても聞こえないことがある。そんなとき、彼らは空想の世界に沈んでいて（しかしどこにいるのか、外側からは見えないのが難点）、誰よりもずっと深いところにいる可能性が高い。

子どものホムサは、たいてい、現実と空想の区別をきちんとつけられるように、しつけられがちである。しかし、そんな境界線は実際には存在していない。そのことをホムサたちも、もしホムサらしさが残っているなら、大人になってから再び実感する。現実と空想の境界線とは、こわがりな大人が考えた、自分を守るためのものである。
　一方で、本気で飛べると信じこんで屋根にのぼりそうなホムサたちに対して慎重でありたいという気持ちは理解できる。それでも、本当に飛ぶとどんな気持ちになるものかを知っているなら、「彼らは飛べない」と言いきれない。いずれにしても、境界線を引きたがる大人たちは、自分の空想から自分自身を守ろうとしている場合が多い。

『ムーミン谷の十一月』

ホムサになってみよう

「引きこもること」が最も基本的なホムサへのなり方。他の人と一緒にいるときには、周囲を見回し、観察することに集中する。しゃべるのは、本当に必要なときだけ。安心してひとりでいられるときは、心地よい場所に居座り、思うままに頭の中に想像をふくらませ、紙に絵を描いたり、作文用紙に文を書いたりしてそれを表現する。何を望み、何を求めているかや、怒りや恐怖心、落胆したことを書いてみよう。どんな小さなことも、とてつもなく大きなことも、できるだけ詳しく表現する。誰かに何をしているかと聞かれたら、本当に話したくない場合は話さないでいて良い。親切心からは語らないこと。十分に想像し終えて、何か別な新しいことをはじめている頃なら、人に教えても良い。
　いろいろな匂いをかぎ分けられるように訓練する。フィリフヨンカやヘムルなど、畑の匂いがする者には注意しよう。ホムサは基本的に素直な子だが、ときどき自分でもおののくほど怒りを爆発させることがある。自分のスペースや時間は、人を避けない限りは確保できない。ただひとり、心から恋しく思う人は、母親。もしくは、母親のようにふるまう人。自分を本気で気にかけてくれて、どんなときも恐れない人である。
　自信がなくても、孤独でも、おじけづかないこと。自信のなさも孤独も、どちらもホムサらしい生き方には欠かせない。何かを不思議に思うことが、創造的な面を引きだし、物事をそれまでとはちがった視点から見る能力を与える。つまらないことに関しても同じことが言える。何も起こらないときにこそ、何かが起こりはじめるものだ。
　しかし、あなたのビジョンや物語は、あなた自身のもの。他の人の話や倫理的な教訓が聞きたいなら、スナフキンのところへ行ってみよう。

『さびしがりやのクニット』

ロッドユール、クロットユール　Hosuli

原作のスウェーデン語名はRådd-djuret、その息子はKlått-djuretだが、フィンランド語版ではどちらも同じ名前のHosuliとされている。

ロッドユールは、その不器用さにかけては天才的。童話『ムーミンパパの思い出』の最終版で、トーベ・ヤンソンは次のようにロッドユールを紹介している。

> ロッドユールは、から騒ぎする小さな生きもの。つまり、ものすごいスピードで、あたりをでたらめにぐるぐる跳びまわり、あらゆるものをひっくりかえしたり、なくしたりするのです。
>
> 童話『ムーミンパパの思い出』

すごく良い
ロープを
持ってたん
だけど、
なくしちゃった
んだ！

ロッドユールの仲間に属する者は、ムーミン谷に少なくともふたりいて、彼らは青いコーヒー缶に住んでいる。

コミックスのクロットユールの缶には、「ヘムルの家庭用コーヒー」と書いてあるが、これよりも先に登場した、童話『ムーミンパパの思い出』のロッドユールの缶には、「最高級の家庭用コーヒー」と記されている。缶の中は、穴あけペンチから、窓の留め金、消しゴム、ダブルさしこみにいたるまで、ロッドユールの全財産であふれかえっている。この宝の山の価値をぐっとあげるのが、他に例を見ないほどユニークなボタンコレクション。ロッドユールは、缶の内側をペンキで赤く塗っている。ペンキがなかなか乾かなかったために、彼の肌は永久にピンク色に染まってしまう。

童話『ムーミンパパの思い出』に登場するロッドユールは、大掃除のときに両親が行方不明になってしまい、詩人の父親の弟である、おじのフレドリクソンに面倒を見てもらっている。そして、ロッドユール自身は、スニフの父親であることが明らかになっている。外見で似ているところといえば、しっぽと大きな耳だが、耳はロッドユールのほうが毛深い。スニフは、ソースユールの細長い顔だちを見てもわかるように、姿かたちは母親ゆずりと言えるだろう。

ロッドユールとソースユールの結婚式。『ムーミンパパの思い出』

ロッドユールとソースユールはせっかちな性格で、大勢のお客を結婚式に招待しておきながら、お客の到着を待たずに結婚してしまう。

注目すべき点は、トーベ・ヤンソンの初期のコミックス作品『ムーミントロールと地球の終わり』のスウェーデン語版で、スニフがロッドユール（Rådd-djuret）という名で登場していること。ロッドユールの「ロッド」は、スウェーデン語で混乱という意味で、スニフも父親同様に初期のムーミン作品で混乱を起こしている。ロッドユールもスニフも、すぐに具合が悪くなるところがあり、ふたりの血がつながっていることを証明している。

童話『ムーミンパパの思い出』のロッドユールには、スニフの他にもうひとり息子がいることが、コミックス『イチジク茂みのへっぽこ博士』に描かれている。息子の名前は、クロットユール。頭になべをかぶっていて、ロッドユールとうりふたつである。

シュリュンケル博士は、クロットユールについてこう分析している。「はは！　クロットユールはいたって正常に見えるぞ。頭部をなべで守るのは賢い方法だ」。クロットユールの個性的なかぶりものは、他のシーンでも特に不思議がられることはない。コミックス『開拓者のムーミンたち』で、ネイティブアメリカンたちが襲ってきたときは、ムーミンたちも同じような方法で頭部を守る。

『ムーミンパパの思い出』で、缶に乗っていて船酔いしたロッドユール。

ミムラに恋するクロットユールは、女性の口説き方についてはまったくの経験不足。そこで、スノークのおじょうさんやムーミントロール、シュリュンケル博士が力になってくれる。結局ミムラにふり向いてもらえることはなかったが、クロットユールと同じくらい情熱的に小石やボタンを集めるスクルッタに恋をする。若きカップルは、ムーミン屋敷の薪小屋の箱の中に移り住み（コーヒー缶が錆びたため）、そこで熱心にコレクションの整理をしている。しかし、スクルッタは次第にムーミンママと同じキッチンを使用することが嫌になり、クロットユールは家を建てようとする。ところが、釘や板やのこぎりを使い物にならなくしただけで、最終的にはムーミントロールが代わりに建てることになる。

コミックス『ボタンと結婚生活』では、結婚生活に対する理想や期待がテーマ。クロットユールと同じように、ボタンの山のそばにいれば心が落ちつくスクルッタは、家にいる夫が邪魔なので仕事に出てほしいと頼む。一時は離婚の危機にも見舞われるが、弁護士に財産分与でどうやってボタンコレクションをふたつに分けるか聞かれ、夫婦は

クロットユールは、ミムラをランチに招待したが……。『イチジク茂みのへっぽこ博士』

ロッドユールやクロットユールが着用しているなべのかぶりものは、トーベ・ヤンソンがすでに第二次世界大戦中の1943年に雑誌「ガルム」の挿絵でも描いている。

瞬時に目を覚ます。ボタンはひとつしかないものがほとんどなので、離婚は不可能である。やがて赤ちゃんに恵まれたこともあり、ふたりはまた絆を深める。子どもは、実はミムラ夫人が階段に忘れた赤ちゃんで、のちにミムラ夫人が迎えに訪れる。

ロッドユールたちは、休むことなく動きまわっては何かをしでかす。急いでいるときほど、失敗はつきものである。童話『ムーミンパパの思い出』でロッドユールは、錨の代わりにうっかり食事を海に放り投げてしまうし、フレドリクソンの船「海のオーケストラ号」の船体に間違ったつづりで船の名前を書いてしまう。

不思議なのは、ロッドユールが一行に食事作りをまかされていること。彼の得意料理は、スクランブルエッグ、シチュー、それにオートミール。調理中に誤って金属の部品がまざることもある。

間違えたり、パニックになったり、注意力散漫だったりしても、けっして悪気はなくいつも自分の失敗を謝るロッドユールには、誰も腹を立てる気にならない。両親が行方不明になったのも、自分が見た夢についても、すべては自分のせいだといって謝るのだ。彼のセリフの前後に「ごめんなさい」がつかないことは、ほとんどない。

ロッドユールになってみよう

赤カブの汁を化粧水に混ぜ、朝と夜に顔にぬる。頭にぴったり合うなべが見つからない場合は、自転車用のヘルメットで代用する（室内でも着用）。何をするときも、これ以上ないくらいに慌てておこなう。どちらにしろ、恥ずべき失敗になるはずなので、結果は考えないことにする。あとから、何度も「ごめんなさい！」と叫ぶ。何しろすごく急いでいるのだから、またてんやわんやが起こるはず。常に四方八方に向かって、すべての人に謝りつづけよう。

ポケットには、無理やりたくさんの小さなものを詰めこむ。ポケットのチャックは閉めない。カバンも使用せず、使うとしても穴のあいたビニール袋にしておく。証明書などの大切な書類も、それらに入れればきちんと持ち歩ける。誰かが聞いていようが、聞いていまいが、落ちたものを拾いあつめるときは、さらに声を張りあげて謝りながら拾う。たとえば、急いでたくさんの息を吸いこむなどして、常にハイな精神状態を保つこと。道を歩くときは、道路の脇をよく見てみる。いつどこで、ちょうど良いひもの切れ端やボタン、クリップ、たばこの吸いがらが見つかるかわからないものだ。

スクルッタが、クロットユールの人生に現れる。『イチジク茂みのへっぽこ博士』

結婚生活の中で、スクルッタとクロットユールに新たな課題が生まれる。
『ボタンと結婚生活』

「こうのとり」がスクルッタとクロットユールに赤ちゃんを連れてきた。『ボタンと結婚生活』

ヨクサル　Juksu

ヨクサルは、スナフキンの父親。童話『ムーミンパパの思い出』で、若き日の冒険をともにした、ムーミンパパやフレドリクソン、そしてロッドユールの友人でもある。冒険をともにしたと言うよりは、寝そべりながら一緒にいた、と言うべきか。

ヨクサルは、すべてにおいて、とてもリラックスした姿勢で通している。「彼は、生まれつき物ぐさなのさ」とフレドリクソンは、ヨクサルの無関心に見えるスタンスを弁護しようとする。「おそらく、逆に、彼はすべてに興味があるんだ。それも穏やかな形で、ちょうど良い具合に。それに比べて、私たちはそれぞれひとつのことにしか興味がないだろう――ヨクサルは、ただそうやって自分の人生を生きているだけなんだ」

何もしないって素敵なことだと、認めることだね

ヨクサルの容姿は、息子のスナフキンとよく似ている。彼は、三角形の帽子をかぶっていて、体形は細身。たばこを好み、寝床で一服するのが何よりも好き。ヨクサルは何かを禁じられること一切を嫌う。別の観点から見れば、かたく禁じられていることにほど関心を示す、とも言える。鍵が閉められたドアも、そう長くヨクサルを中に閉じこめておくことはできず、いつでも決まりごとを破るためなら奮闘する。

「オートミールを食べてても死んだやつを知っている」と、オートミールを推奨し、健康的な生活を送ることに熱心なヘムレンおばさんに言ったり、三角法を学んでいたのに学校を卒業したとたんモランに食べられてしまったという親類のことを話して聞かせたりする。

冒険仲間の生き方については、次のように驚嘆している。

> 「たまげたね！　きみたちは、そうして人生を送るのがよっぽど好きなんだな！　朝から晩まで、修理して、働いて、動きまわってさ！」　童話『ムーミンパパの思い出』

スナフキンの母親のミムラに関しては、ヨクサルも夢中になる（132ページ「ミムラ／ミムラ夫人」参照）。

ヨクサルの夢は、りんごの木の上に住むこと。「歌と日の光、そして朝ゆっくり寝ていて良いという自由。――誰も、あれは重要なんだとか、これはやってしまわなければならないんだとか、あとまわしにはできないんだとか、そんなことをくり返し言いに押しかけてくることはない。オレンジの木が育ったり、花のつぼみが開いたり。それを食べたり、匂いをかいだりするために、ときどき新しいヨクサルが生まれるんだ」

雲の上に横たわるヨクサル。
『ムーミンパパの思い出』

ムーミンパパの大げさな態度は、ヨクサルの気に障るもので、このふたりの関係にはときに緊張感が走る。

ヨクサルの「水のように透きとおった批評的な目」に、ムーミンパパは一目おいてもらいたくてたまらない。少なくとも、どうにかして彼の度肝を抜かしたいと考えている。

帽子の下で、ヨクサルは実にいろいろなことを思考している。彼が、名声と栄誉を欲しがるムーミンパパに言った次の定義からも、そのことがうかがえる。

> 「名声なんてものは、一番嫌なものさ。――最初はおもしろいかもしれないが、だんだんそれが当たり前に感じられてきて、しまいにはそのせいで気分が悪くなるだけ。メリーゴーラウンドに乗っているのと、まったく同じように」
>
> 童話『ムーミンパパの思い出』

ロッドユールがペンキを塗るかたわらで、ヨクサルは寝ている。『ムーミンパパの思い出』

私たちの世界のヨクサルたち

私たちの世界のヨクサルは、権力による貧富の差に対して平和的に、ときに眠たそうに、異議を唱える、不法移住者、ヒッピー、穏便なアナーキストたち。

ヨクサルたちは、みんなが平和にオレンジの木の下で暮らすことを望んでいる。頭上に青空をかまえて、つまらないことでやきもきする気持ちはひとまず忘れて。

決まりごとや指針は、ヨクサルたちを怒らせるが、考えようでは彼らを目覚めさせることもできる。健康的な生活を押しつける活動、特に喫煙に反対するような活動には、激怒する。

ヨクサルは、バス停や空港の待合室から、許可を得た友人の家まで、どこにいても、ひたむきに、長時間かけて煙を吐く。こわがり屋やおっちょこちょいの人は守ってやるが、自信過剰な者は嫌う。あやまちは許してやらなければならないと考え、調和の中で他人と共存し、眠りたいときに好きなだけ眠る。

中年を迎えたヨクサルたちに何が起こるかは、少々明らかでない部分があるが、子孫を残すことには、その多くが成功しているようである。

氷姫　JÄÄROUVA

冬に最も危険な寒気が訪れるのは、夕方、海のほうの空が緑色になるとき。
「それは美しい女性の姿をしていて、触れたり、目が合ったりするだけで、みんな命を奪われるか、乾パンのように粉々になってしまう、壮大な寒気なのよ」と、おしゃまさんは語る。ムーミントロールとおしゃまさん、ちびのミイは、水あび小屋のストーブで暖をとり、氷姫から身を守ろうとする。氷姫の挿絵は存在せず、彼女の外見に関しての記述は少ない。

> 氷姫はロウのように白かったのですが、右の窓越しに見ると彼女は赤色に変わり、左の窓から見ると薄い緑色になったのでした。
>
> 童話『ムーミン谷の冬』

その代わり、氷姫が近くを通りすぎるとどうなるかについては、とても注意深く描写される。窓ガラスは、押しつけていたムーミントロールの鼻が痛くなるほど冷たくなる。水あび小屋の中には、凍るような冷気が入りこみ、音は遠ざかり、ストーブは消えそうになる。魅了されて、氷姫の冷たい青い瞳を見たリスは、倒れたままもう目を覚ますことはない。

トーベ・ヤンソンは、あえて氷姫についての詳細な描写を少なくしている。挿絵プランに彼女は「氷姫の姿がどんなものかは、子どもたちの想像にまかせる」と書きしるしている。トーベは、モランなど他の登場人物に関しても、あまり詳しく表現しすぎないように注意を払っている。「おそらく彼ら（読者）は、自分で想像したがり、自分で体験したがるだろう」と、トーベは1961年に自らの児童文学についての随筆に書いている。特にこわいシーンや美しいシーンでは、なるべく表現を自制している。「こういった分かれ道で作者は立ちどまるが、読者は想像にまかせてどんどん道を進んでいくことができる」とも書きのこしている。

『ムーミン谷の冬』には、氷姫の挿絵はない。彼女が近づいてきたときの登場人物たちの反応はこんな具合。ストーブのまわりにいるのは、おしゃまさん、ちびのミイ、そしてムーミントロール。

おしゃまさんの作った雪の馬は、氷姫の到来によって動きだし、遠くへかけていく。
『ムーミン谷の冬』

漁師　KALASTAJAT

『ムーミンパパ海へいく』の漁師は、「パタパタと羽ばたく線」のようにあぶくの中を走る。

ムーミン童話やコミックスでは、魚釣りをするシーンがたびたび出てくるが、その道のプロも登場している。ムーミン作品の中で漁師と言えば、童話『ムーミンパパ海へいく』に出てくる無口な男。実は、灯台守だということがのちに明らかになる。彼は、自分の岬に住んでいて、親しくなろうと試みるムーミンパパには、なかなか心を開かない。近づいても、「青い水面のような瞳」でじっと見るくらいである。

相手にされなくて傷ついたムーミンパパは、彼のことを「わかめエビ」と呼ぶ。作者は漁師のことを、白髪がまじり、しわくちゃで、木の葉のように身軽、と描写する。彼は、腹を立てることもなければ、おどろくこともなく、あいさつもしなければ、お礼を言うこともない。でも、南西の風が立てる小波が、彼は好きなのだ。その様子を眺めていると、「完全な孤独」に身を包むことができる。

> 漁師は家の中にすわり、小波がだんだん大きくなっていくのを眺めていました。もう何も気にしなくて良いということは、神聖だと思えるくらい、素敵なことでした。誰も何かをたずねてきませんし、誰からも話を聞かされることもなく、誰のことも何のことについても同情しなくて良いのでした。あるのはただ、空と海の、永遠に届くことのない、理解を超える広大さで、彼の中を流れていくそれは、決して彼の期待を裏切ることのないものでした。
>
> 童話『ムーミンパパ海へいく』

海が漁師の家をさらってしまったあと、ムーミン一家は彼を灯台に迎えいれる。そして、漁師はかつて灯台守だったことが発覚する。灯台の明かりにぶつかって死んでいった鳥たちの群れなどを思い、だんだん気がおかしくなり、任務を放棄した、という過去を持っていたのだ。コーヒーを淹れてもらい、誕生日のプレゼントをもらった彼は、自分が誰だったかを思い出し、ムーミンパパから再び灯台守の帽子を受けとる。

同じように変わり者だが、もっと明るい性格の持ち主なのが、コミックス『ムーミンパパの灯台守』に登場する漁師である。彼は、釣りにほとんど興味がない。「釣れるかい？」という質問には、「いいや」と答えるが、暗くなっていく空や夕焼けが素敵だと言う。ただじっと、たまにしか食いつかない魚を待つという釣り方は、彼にはちょうど良いのである。

> 岸辺のすぐ近くで、漁師の男が釣りをしていました。
> 「ここはよく釣れますかね？」ムーミンパパはたずねました。
> 「いいや」漁師は答えました。
>
> 童話『ムーミンパパ海へいく』

ムーミンパパに無関心な漁師。
『ムーミンパパ海へいく』

『ムーミンパパ海へいく』の
漁師(灯台守)のデッサン画。

『ムーミンパパの灯台守』の漁師は、
獲物よりも天気に心を奪われる。

『ムーミントロールの危険な生活』で、ムーミンたちは沈んだ帆船をさがすうちに、網を台無しにしてしまう。
この漁師は、彼らを魚どろぼうだと思いこむ。

魚やクジラやイルカたち
KALAT, VALAAT JA DELFIINIT

ムーミン谷の水辺では、パーチやローチ、ニシン、カワカマスが泳ぎまわっている。どれもフィンランドで非常になじみのある魚。

童話『ムーミンパパの思い出』の初期設定には、憂鬱なタラや、言葉遊びが好きなカジカが登場する。イルカやクジラにお目にかかることもある。クジラは、ときにとてものんびりとしていて、絵本『さびしがりやのクニット』でも、「曇っていて、灰色の朝の空。楽しそうにクジラたちが潮をふいている」という文がある。彼らは大変な食いしん坊。コミックス『ムーミントロールと地球の終わり』では、ムーミンたちの救命ボートがあと少しで巨大なクジラに飲みこまれそうになる（48ページ「怪物や猛獣たち」参照）。

（訳者注：クジラやイルカは魚の仲間ではありませんが、ここにまとめられています）

『ムーミンパパの思い出』では、魚やクジラ、人魚たちが、うみいぬの襲撃を恐れて、消したりよわめたりした明かりをたずさえて泳いでいる。その上で海を照らしているのは、フレドリクソンの作った水陸両用の船。

イルカたちがムーミンたちを乗せて泳ぐ。『おさびし島のご先祖さま』

ガフサ夫人／ガフサ
Kampsu（Louska）

ガフサ夫人はフィリフヨンカの隣人で、家具や洗剤の話や、ご近所さんのうわさ話を一緒にすることができる「とても上品な女性」。ガフサ夫人の真似しがたいヘアスタイルは、髪の伸びが良いからこそ実現できるものである。

ガフサ夫人は、自分の「育ちの良さ」を知っている。たとえば誰か（フィリフヨンカ）がコーヒーテーブルに似つかわしくないブーケを飾っていれば、きちんと気がつく、という意味である。こんなときガフサ夫人は動揺することはなく、どういうふうにふるまえば良いかを知っている（他のものをほめることに専念する）。「育ちの良さ」は、彼女が他人を推し量るものさしでもある。

しかし短編童話『もみの木』では、慌ただしくクリスマスの準備をしている中、たまったストレスの一部を「教養のないハリネズミ」のせいにしている。

フィリフヨンカは、ガフサの心の友だが、身近なライバルでもある。フィリフヨンカが春の気分に翻弄されているとき、ガフサはどちらのほうが勝っているか見せつけるチャンスだと考える。コミックス『春の気分』では、彼女はフィリフヨンカのボーイフレンド、ランドリーさんを奪おうとする。コミックス『開拓者のムーミンたち』では、ガフサに一瞬だけ、文部大臣に就く機会が訪れる。

ガフサには、ぞっとするような一面もある。魚釣りをしているときの彼女は、ひどくこわい顔をしている。絵本『それからどうなるの？』では、おでこにしわをよせ、黒く縁どられた目で、やってきたムーミントロールとミムラをにらみつける（71ページ）。彼女はうなり、子どもたちが走りまわっていることに機嫌を悪くする。「逃げなさいよ、かまれるわよ！」と、ミムラが叫ぶ。もちろん、このガフサは、きれいな手袋をはめてお茶会に訪れるガフサ夫人とは別人の可能性もある。いずれにしても、ガフサたちはいつも首元にリボンをきつく締めている。スウェーデン語名はGafsan。

フィリフヨンカがおかしなことを話しだすと、ガフサ夫人は
気を悪くする。『この世のおわりにおびえるフィリフヨンカ』

右ページは『それからどうなるの?』のガフサ。

『この世のおわりにおびえるフィリフヨンカ』で、ガフサ夫人がフィリフヨンカ宅を出るところ。左は、トーベ・ヤンソンのデッサン画。右は、掲載された挿絵。

おや、はげているようだね。
おかしなもんだ。私は、
はげている生きものが
耐えられないのさ
3
きっとそれは、自分が
フサフサだからだろう…

ガフサの髪は、力づよく伸びる。『黄金のしっぽ』で、しっぽがはげてしまったムーミントロールは、彼女にアドバイスをもらおうとする。

本当よ、フィリフヨンカ。普通は庭に
家具を置いたりしないものですわよ
私はこのほうが
心地がよいのですわ
© BULL'S
BD
28
心地のよさばかり考えては
いけないわ!
自分の任務を果たしてこそ、
心地よさを感じるのです

ガフサは、開放的になったフィリフヨンカをたしなめようとする。『春の気分』

Tove

ねこ　KISSAT

この世界でもそうであるように、ムーミン作品中のねこも、自発的に行動する生きものだ。コミックス『おさびし島のご先祖さま』で、ムーミンたちに救出される、しま模様の船乗りのねこだけは、ムーミン一家のあとを従順について歩く。

ねこたちは、自分たちの好きなことをし、その行動で他の人をおどろかせもする。スニフが森で見つけた子ねこは、スニフが懐いてもらおうと奮闘した末、すべての望みを捨ててあきらめた頃に初めてゴロゴロとのどを鳴らす（童話『ムーミン谷の彗星』）。

童話『ムーミン谷の彗星』の後半には、地球の終わりが近づく中で、子ねこをさがすというスリルあふれるシーンがある。全員洞くつに避難したかと思ったら、ねこがいないことにスニフが気づく。この作品の初期の設定では、ねこではなく、キヌザルをさがして走りまわるが、最終版ではねこに変更されている。残念に思った読者もいたかもしれないが、トーベ・ヤンソンはムーミン作品をより北欧色の濃いものに変えようとして、設定変更に踏み切った。この変更は、スウェーデン語版ではすでに1960年代後半に実現しているが、フィンランド語版の『ムーミン谷の彗星』に子ねこが登場したのは実に2010年になってからのことである（210ページ「キヌザル」参照）。

絵本『ムーミン谷へのふしぎな旅』では、ねこが巨大になり、化け物のように牙をむく（右ページ）。スサンナという名の女の子が、おかしな土地を歩きまわり、いなくなった自分のねこの巨大な足あとを砂の上に見たと思いこむ。最終的には、以前と変わらない様子で穏やかに眠っているねこが、ムーミン屋敷の前の階段で見つかる。

トーベ・ヤンソンとトゥーリッキ・ピエティラが飼っていた、プシプシナという名の黒ねこは、ふたりのもとで16歳まで生きた。

「彗星ねこ（kometkatten）」は、元は言葉遊びから生まれた。スノークのおじょうさんが、鏡で彗星の放つ光をタコの目に反射させると、太陽の反射光（solkatt）ではなく、彗星の反射光（kometkatt）が生まれる（欧字はいずれも原作のスウェーデン語）。『ムーミントロールと地球の終わり』

『おさびし山のご先祖さま』の船乗りのねこ。

犬　KOIRAT

『スニフとセドリックのこと』のセドリック。

ムーミン谷の犬の中で最も知られているのが、さまざまな形でアイデンティティーの問題を抱えている、めそめそ。

童話『ムーミン谷の冬』のめそめそは、不安感から顔にしわがよっている、やせっぽちの小さな生きもの。ヘムレンさんの元気な犬ぞりの犬にはなりたがらず、毎日を寝て過ごしている。彼は落ちこんだときにもぐりこむ特別な穴を持っていて、夜ごとにそれは深さを増していく。月明かりの下で物悲しげに遠吠えをあげ、大きくてつよい親類であるオオカミたちを恋しがる。しかし、いざオオカミたちが近くにやってくると、めそめそは急に恐ろしくなってしまう。危ないところでヘムレンさんのラッパの音がオオカミたちを追いはらい、めそめそは彼についていくのが一番良いと考える。

絵本『ムーミン谷へのふしぎな旅』では、ヘムレンさんのシャイな犬、メソメソ・ウニアイネン（スウェーデン語では Ynk von Jämmerlund）として登場する。

『ムーミン谷の冬』のめそめそ。（訳者注：童話の日本語訳の「めそめそ」は、原書スウェーデン語版ではYnk［インク］。コミックスのインクと同じ名前）

コミックス『ふしぎなごっこ遊び』に登場する犬のインクは、暗い性格のミーサが飼っている暗い性格のペット。インクは口かせ具で顔を覆っているが、ムーミンママに理由をたずねられてその秘密が明らかになる。インクは、犬ではなくねこしか好きになれないと言う。ムーミンママは、インクのために、別な犬にしま模様を描いて、ねこのふりをするように頼む。この犬と仲良しになったインクはとても幸せな犬になり、この良かれと思ってついた嘘が発覚したあとも、その幸せが壊れることはなかった。

コミックス『ムーミン谷の犬の生活』では、ムーミン一家が、迷いこんできた犬の世話をする。犬は、キッチンの棚にあった紅茶にちなんでリプトンと名づけられ、ムーミンたちは新米の飼い主が直面する、さまざまな問題と次々に向きあうことになる。特にやっかいなのは、彼らがこわがっているオス犬がリプトンに興味を持って近づこうとすること。間もなく、リプトンは子犬を授かる。コミックス『ムーミントロールと海水浴場』の中で、ムーミンたちはリプトンの花婿よりも、もっと恐ろしい犬と対面することになる。

セドリックという犬の名前がタイトルになった、短編童話もある。トパーズの目をしているぬいぐるみのセドリックは、スニフの宝物だった。一度は手放して後悔するが、最後には手元に戻り、スニフはセドリックをずっとかわいがる（166ページ「スニフ」参照）。

『ふしぎなごっこ遊び』

『ふしぎなごっこ遊び』

『ムーミン谷の犬の生活』

罪人や悪者たち　KONNAT JA ROISTOT

のどかなムーミン谷にも、意外なことに多くの罪人が迷いこむ。ムーミン一家は、彼らとなかなかうまくつきあっていて、武器を持った郵便物泥棒とさえもクリスマスを一緒に過ごす。

悪者のふりをしているだけの悪者もいる。得体の知れないティーリッカや、無許可で木を切りたおす恐ろしい斧おとこなどが、そうだ。山には盗賊がひそんでいるが、ニョロニョロの襲撃が彼らを退散させる。ムーミン世界の悪人たちについては、警察署長さんの罪人図鑑に詳細がのっている。

悪者たちは、特にコミックスに多数登場していて、その代表がギャング仲間を含めたスティンキーである（26ページ「スティンキー」参照）。女性の泥棒の代表といえば、フィリフヨンカに似たミス・トリッフレがいる。

スニフ、ムーミントロール、スノークのおじょうさんが、盗賊から身を隠しているところ。『ひとりぼっちのムーミン』

郵便物泥棒たちは、ムーミンたちをクリスマスのパーティーに招待する。『ムーミン谷のクリスマス』

花の絵など飾っていられないな。
巡査、罪人の写真を持ってきてくれ
B 4943
これなら、
警視長も
満足される
だろう
© BULL'S
Lars Jansson

『署長さんの甥っ子』

斧おとこがつかまらない限りは、
ひとりで行動するのは不安というもの
助けてくれ!
© BULL'S
Lars Jansson

『ムーミンパパ、年老いる』

『レディ危機一髪』

あら!
でもあなた、
悪者には
見えないわ
ちょっと待って
いてください!
まぁ、悪人らしく
なったこと!
AM
35
© BULL'S
Lars Jansson

『ムーミンパパ海へいく』

はなうま／うみうま
KUKKAHEVOSET

青や緑の花々、軽やかな疾走——ムーミン物語の中で、おしゃれな花模様に身を包んだ馬が跳ねまわる。最も目を引くのは、絵本『さびしがりやのクニット』で、フィリフヨンカたちの馬車を引く馬（80ページ）。その細長い顔や風になびくたてがみは、フィリフヨンカの長い鼻や髪を思い起こさせる。

はなうまたちの使命は、何よりもまず美しくあること。どの登場人物よりも美しくあるべきで、彼らの存在はどちらかというと装飾的な意味合いを持っている。はなうま個人には名前が与えられることはなく、物語の展開には、ふたつの作品でのみ、かかわっている。恋愛について助言をするのが好きな、コミックス『恋するムーミン』に登場するプリマドンナのしゃべる馬。そして、童話『ムーミンパパ海へいく』でムーミントロールの憧れの対象となる馬である。

童話『ムーミンパパ海へいく』の日本語訳では、はなうまたちは、うみうまと呼ばれる。若いムーミントロールの恋のお相手となるうみうまたちは、ムーミントロールを軽蔑するかのようにふるまう、妖女のような生きもの。初めはカレンダーの絵でしかなかったうみうまたちは、やがて岸辺をかけて、ムーミントロールを誘惑する。うみうまたちの望むものなら何でも差しだすつもりでいたムーミントロールを、うみうまたちはあざ笑い、彼を絶望的な気持ちにさせる。次第にムーミントロールは、うみうまから愛してもらえることは決してないのだということに気づく。なぜならうみうまたちは、自分自身や、他人の自分たちに対するリアクションにばかり夢中だからである。基本的に、うみうまたちが何を考えているのか、読者たちもはっきりと知ることはできない。

プリマドンナの馬は、このうみうまたちよりも謙虚な性格。彼女は、恋愛相談にアドバイスをくれるし、こっそり何かを企むこともあるものの、当事者たちの間で伝言者としても活躍してくれる。

はなうまは、トーベ・ヤンソンが風刺画などの仕事をしていたころの作品にも登場している。スウェーデンの伝統工芸品の木馬ダーラナホースの他に、おそらくスウェーデンの美術家イーヴァル・アロセニウスから影響を受けていると思われる。アロセニウスの絵本『ねこの旅（リッランとねこ）』（1909年）は、トーベが幼少時代に読んだ本で、緑色の地に花模様のベストを着た白い馬が、主人公たちを迎えにやってくる。

うみうまは、頭をしっかり持ちあげ、たてがみをなびかせ、砂の上をギャロップで行ったり来たりしていました。しっぽは、体の後ろで、輝く長いさざなみのように、宙を泳いでいました。その姿は言葉に表せないほど美しく、まばゆくて、うみうまたちはちゃんと自分の美しさを知っているのでした。露骨なほど自然に、もてあそぶような身のこなしを見せつけるのです。お互いに、自分自身に、島に、それとも海に対してでしょうか。でも、誰に対してかなんて、そんなことは意味のないことでした。

『ムーミンパパ海へいく』

21
正直に言ってほしいの。あの人はムーミントロールを愛しているのかしら
あら、そんなこと。からかっているだけよ
私たち、よくこの木の根元にこしかけて、月を眺めていたっけ…

ご主人さまが、今夜は家に帰ってこないのかと聞いています
二度と帰らん!
女性立ち入り禁止
Tove Jansson

彼があんなことを言うなんて、思ってもみなかったわ
私はずっと、いつ言うんだろうと思っていました
Tove Jansson

すべて『恋するムーミン』

最初と最後の恋のちがいが何だかわかる?　これが最後だと思うのが最初の恋。そして、これが最初だと思うのが最後の恋…
だまっててよ!
Tove Jansson

Tove

私たちの世界のはなうまたち

はなうまは、完璧な美的センスにあふれていて、その多くは官能的でもある。自分たちの魅力に酔いしれ、またその美貌が及ぼす相手の反応を見ては楽しんでいる。髪やスカートのすそをなびかせて、路上をさっそうと歩いていく。

なかには純粋に明るくて美しい者もいて、そのことはまわりを喜ばせるが、他人がどういう目で自分を見ているのか常にしっかり把握して行動している者もいる。このようなはなうまは、ところかまわず、節度なくまわりの気を引こうとする。ムーミントロールが恋した花模様のうみうまたちは、けらけらと笑うティーンエイジャーの女の子の集団と近いものがある。

はなうまたちのゆるぎない長所は、確実に空間を把握する能力。本能的に、自分が最も美しく見える場所を見つけだすことができるのだ。はなうまの存在には、身のまわりの空間の矛盾すら調和する効果があり、公園や道路、会議室のようなパッとしない場所が、以前よりも美しくなる。これは、そこを利用するすべての人にもメリットがある。

はなうまになってみよう

鮮やかな色の服を、大胆に組みあわせて着てみる。女性だろうと、男性だろうと、服の柄はもちろん、花模様を選ぶ。永遠の春を身にまとっているということを覚えておくこと。

服装だけでは、はなうまになりきれないことは言うまでもなく、体の動きもダイナミックでかつ自由でなければならない。うっとりした面持ちで、広い歩幅で走る練習をする。なるべく高く、遠くへ、跳ぶ。ジャンプする足と着地する足の両方を、少し前方へ向けてみる。ひじは脇腹につかないように、腕全体に飛んでいるときのような感覚を持たせる。自分の姿勢は、横に流れていく窓ガラスに映して確認する。

姿勢と同じくらい大切なのが顔の表情で、決して顔のパーツを引力にまかせてはいけない。顔の筋肉を全体的に上げるように、微笑む練習を重ねること。

『ムーミンパパ海へいく』

砂金掘りたち　KULLANKAIVAJAT

ムーミンたちが金を発掘したといううわさが広まり、ムーミン谷はベテランから初心者まで、大勢の砂金掘りたちでにぎわう（コミックス『ムーミン谷の宝さがし』）。ムーミンたちは誤解だと説明するが、なかでも最もしつこいふたり組は、寝袋を用意して、ムーミン屋敷の近くに住みこむ。彼らは、ムーミンたちの行動の一挙一動を監視し、ムーミンたちがコーヒーを楽しむ木かげからムーミンママの花壇にまで、そこらじゅうに穴を掘って金をさがす。砂金掘りの特徴は、フサフサに生えた口ひげ。実は口ひげではなく、鼻毛だという説もある。

輪郭や帽子が、農夫を思いおこさせる（コミックス『ムーミントロール、農夫になる』）が、砂金掘りのほうが気が荒い。外でバラの茂みが花をつけている季節にもかかわらず、彼らは北国にいるかのような防寒服を着ている。ニョロニョロ川で砂金をさがすムーミンパパに、砂を洗って砂金を分けることを教えてくれる親切な一面もある。

1960年代、ラルス・ヤンソンは自身も、兄のペール・ウロフ・ヤンソンと彼の息子と一緒に、北フィンランドで砂金掘りを体験している。

『ムーミン谷の宝さがし』

おばけ　KUMMITUKSET

『ムーミンパパの思い出』の初期の版から、文頭の大文字の"I"をアレンジした章カット。

自称「最もおそろしい」おばけは、童話『ムーミンパパの思い出』の中で、若きムーミンパパをおどろかす。まず、灰色の煙があがったかと思うと、ぞくぞくするような冷気が部屋を満たしておばけがやってくる。しかし、自分自身の冷気におばけがくしゃみをして、帰り際には出口の上に頭をぶつける様子に、ムーミンパパの恐怖心は消え、思わず笑いだしてしまう。

おばけは、ムーミンパパが仲間たちと作った「あたらしい自由の村」で、いたずらする。真夜中には鎖をガチャガチャと鳴らしたり、家具をガタガタと動かしたり、あらゆるところにいたずら書きをする。自分に自信がなくて、普段からびくびくしているロッドユールだけが、おばけをこわがる。

> 「ぼく、こわかったんだ」ロッドユールは言いました。「今でもこわいよ！」
> 「きみは、いい子だね」おばけは言うと、すばやくつけ加えました。「廃墟となったがいこつのキャラバンが、アイスグリーンの月明かりで吠えるのだ！」
> 「ねぇ、きみはなんだか、あんまり幸せそうじゃないんだが」フレドリクソンがやさしい声で言いました。
>
> 童話『ムーミンパパの思い出』

おばけは、さらに効果をあげようと、質より量だと思って身の毛もよだつようなセリフを連ねる。おばけの話によくある陳腐な決まり文句を、ごちゃまぜにして言う。たとえば、「こんな運命の夜には、忘れられた骨がガラガラと海辺で音を立てている！」、または「運命の夜は墓地を包みこみ、からっぽの黒い港は叫びをあげる！」という具合である。

ムーミンたちが移り住んだ灯台をうろつく、コミックス『ムーミンパパの灯台守』のおばけも同じように、おばけであることの存在意義に自信をなくしている。彼のことをこわがるのは、ムーミントロールだけで、しまいにはムーミントロールもこわがらなくなる。

童話でもコミックスでも、おばけの助けになってくれるのが、現実的でクリエイティブな登場人物。童話ではフレドリクソンが、コミックスではトゥーティッキが、それぞれおばけたちにアドバイスや、リン酸で加工された船、もしくは小さな幽霊船などの小道具を与える。おばけたちは、その小道具で、さらにおぞましい効果を出そうと試みる。

『ムーミンパパの思い出』

頼むよ! 船はバラバラになってしまって、水の上を歩けるのはきみだけなんだ
こんな大波の上をかい…
ムーミントロールとスノークのおじょうさんを見かけませんでしたか?
いいや。それより、すばらしい波だと思わないかね?!
Tove Jansson

『ムーミンパパの灯台守』

ぼくらを手伝ってくれたら、この上等な鎖をあげるよ
亜鉛メッキで加工してある、いい品物じゃないか。何をすればいいんだい?
この爆薬を運んでほしいんだ
きみはもう死んでいるんだろ?
ひどいなぁ、もう
© BULL'S

『ムーミン谷の小さな公園』

…血のついた手が、だんだん、だんだん、近寄ってきて…
わぁ、ムードたっぷりだね!
© BULL'S

『ムーミントロール、農夫になる』

コミックスのおばけは、自身も人助けの力になる。水の上を歩けない人に代わって行方不明者を捜索したり（コミックス『ムーミンパパの灯台守』、生きている人に代わって危険な爆破役を引きうけたりする（コミックス『ムーミン谷の小さな公園』）。

『ムーミンパパの思い出』

おばけたちのアイデンティティー問題が解決した例は、他にもある。

コミックス『ムーミントロール、農夫になる』に登場する「暗黒の伯爵夫人」は、クリッレ屋敷に住む700歳の女性のおばけ。彼女は、何百年も続いている伝統を重んじて、銀の器を磨いたり、決められた曜日にリネンのシーツの数を数えたりするよう、ムーミンママにこと細かく要求する。

容赦ない「暗黒の伯爵夫人」の要求にうんざりしたムーミンママは、もうひとり、知り合いのおばけを屋敷に呼ぶ。ムーミンたちと以前から知り合いだったおばけと、「暗黒の伯爵夫人」が出会うと、同志ができたふたりはお互いに夢中になる。残虐な物語に胸を躍らせてくれる聞き手ができ、意気投合したふたりのおばけは、鎖の引きずられる音にうっとりと耳をすます。

ムーミン作品には、いわゆる一般的なおばけも登場している。海の幽霊の群れは、若き日のムーミンパパが仲間たちと船旅をしているときに、船首で水しぶきをあげる。また、森のど真ん中で開かれたダンスパーティーに勇気を持って出かけた、水のおばけたちもいる。

ムーミンパパはおばけよりも吸血鬼をこわがる。この吸血鬼は、実はこうもりだったことが明らかになる。『ちっちゃなバンパイア』

王族　KUNINKAALLISET

ムーミンたち、特にムーミンパパは、王政主義者だと言えるだろう。しかし若き日のムーミンパパが対面した王さまは、パパを戸惑わせる（童話『ムーミンパパの思い出』）。100歳を迎える王さまは、招待客をびっくりさせたり、ほうびを与えたりする、風変わりなパーティーを開く。卵さがし競争は国民を、怠け者、合理的な者、夢見がちな者にグループ分けする。花かんむりをかぶって、ヒヒヒと笑う王さまは、ムーミンパパがそれまで抱いていた高貴で崇高な統治者のイメージとは異なっていたのだ。ひょうきんな王さまは、霧笛を鳴らし、王に仕える者たちを、愛する者、騒々しい者、ばか者と呼ぶ。

ムーミン作品に登場する王族は、他にもいる。ムーミンパパに騎士への叙任の儀式をおこなうときに、首切りの刑をすると勘違いしてしまう、コミックス『騎士ムーミン』のアーサー王。そして、ムーミンパパと王さまのふたり組に対抗しようと企む、副王ハルモ（コミックス『開拓者のムーミンたち』）。それから、ムーミントロールが無理やり結婚させられそうになる、おばさんのようなお姫さま（コミックス『魔法のカエルとおとぎの国』）。

本物の王さまに会うことも、自身が王さまになることも、どちらもムーミンたちを失望させる。なかでも、最も腹を立てることになるのは、コミックス『あこがれの遠い土地』で、王さまのディナーに招待されるスノークのおじょうさん。王さまはひとりでごちそうを食べ、招待客はただその様子をロープごしに見学するのをありがたがる、という始末である。

海のオーケストラ号の船員たちに囲まれた王さま。『ムーミンパパの思い出』

ムーミンパパをだますハルモとスティンキー。『開拓者のムーミンたち』

スノークのおじょうさんは、王さまとのディナーを夢見ている……。

左・下ともに『あこがれの遠い土地』

……しかし、まったくちがう展開となる。

『騎士ムーミン』

牛　Lehmät

フィリフヨンカの飼っているまだら模様の牛ルーサは、ムーミンコミックスでとても登場回数が多いキャラクター。乙女をさらうとき、決闘のとき、公的任務に、迷子の火星人をなぐさめるときなど、さまざまなシーンにかりだされる。花かんむりをかぶって立っているルーサは幸せそうに見えるが、ムーミンたちが近づくと、何か想定外のことが起こりそうなのを察知して、疑惑のまなざしを投げかけてくる。

牛は、芸術の題材としても、ムーミンたちにインスピレーションを与える。絵画をはじめたムーミンパパは、ルーサをモデルに選ぶ。

インテリアではムーミン一家はねこの置物を好むが、ムーミン屋敷にある最もすばらしい絵は、やはり田園風景を描いた「放牧された牛たち」（コミックス『ムーミントロールと10個の豚の貯金箱』）である。

さまよえるオランダ船の船長
Lentävä hollantilainen

『ムーミントロールと幽霊船』

ムーミントロールとスニフは、霧のたちこめる海で船を見つけるが、それがフライング・ダッチマン（幽霊船）だということが明らかになる（コミックス『ムーミントロールと幽霊船』）。400歳になる船長は、船と同じ名前を名乗る。この幽霊船も、船長も、もうボロボロで、その船の近くを通った船はすべてあっというまに腐ってしまうため、ムーミントロールのボートも同じ運命をたどってしまう。

伝承やワグナーのオペラのように、ムーミン谷に現れた船長は、永遠に航海しつづけるよう定められている。船長を呪いから解き放つことができるのは、純潔な女性の愛だけ。ムーミン谷からは、スノークのおじょうさんが助けようと試みる。ボロボロの船長は彼女を好きになり、ちょっとした努力のあと、スノークのおじょうさんも彼に惹かれる。

おまえは、乙女をさらうのにあんまり
ロマンチックではないけど、仕方があるまい
© BULL'S
覚えておけよ。
すばやく走りさるんだ!
うちのママの牛で、
何しているの?

『ムーミントロールとボーイスカウト』

どう? 説得力あるように見える?
そうあることを祈るわ。火星人に部屋に入ってもらう?
33

フィリフヨンカの牛を、火星人の好みに合うように飾りつけたところ。『まいごの火星人』

この決闘が、死ぬか生きるかの分かれ道になるであろう!
なんてこったい
© BULL'S

『騎士ムーミン』で、決闘のために用意された乗り物の牛を今ひとつ信用できないムーミンパパ。

フライング・ダッチマンって、見た者に不幸が訪れるのではありませんでしたっけ?
ばかを言うんじゃない!
93
助けて!
なに、ちょっと腐っているだけじゃ
© BULL'S

『ムーミントロールと幽霊船』

スナフキンのあとを追いたくてクンクン鳴いている竜。『世界でいちばん最後の竜』

竜　LOHIKÄÄRME

水生昆虫を捕まえようとしていたムーミントロールのガラス瓶の中に、マッチ箱よりも小さい竜が突然泳ぎこむ。感情的で、とても美しい生きもの。

> それは、日の光の中でキラキラと輝いていました。背中のこぶが金色に光っていて、小さな頭はきれいな緑色で、目はレモンのような黄色でした。
>
> 短編童話『世界でいちばんさいごの竜』

感動したムーミントロールは、この生きものの世話をしたいと興奮してふるえるが、竜は彼に何の興味も示さず、自分の飼い主として認めない。それどころか、パイプをくわえてゆったりと座っているスナフキン以外、誰かれかまわず嚙みつく。火を吐く竜は、ムーミントロールではなく、彼の親友のスナフキンに情熱的に懐いてしまい、複雑な三角関係にムーミン屋敷は気まずい空気でいっぱいになる。スナフキンはスナフキンで、自分は誰の主人にもなりたくないと考えている。

コウノトリ　MARABUHERRA

童話第1作『小さなトロールと大きな洪水』の中で、ムーミントロール、ムーミンママ、スニフの3人は、浜辺を歩いているコウノトリに出会う。年老いたこのコウノトリは、眼鏡をなくしてご機嫌ななめだった。ムーミントロールがその眼鏡を見つけると、彼はお礼にムーミンパパの捜索を手伝う。コウノトリの背に乗せてもらった一行は、木の上にしょんぼりと座っているムーミンパパを見つけだす。捜索の手伝いができたことを喜ぶコウノトリは、他の洪水被害者も助けるために飛びまわるのだった。

童話第2作『ムーミン谷の彗星』でムーミントロールやスナフキン、スニフを襲おうとして失敗した巨大なハゲワシなど、トーベ・ヤンソンの初期の作品の中では、エキゾチックな鳥たちが空を舞う。その後のムーミン童話やコミックスで登場する鳥は、北欧の群島の風景にふさわしいカモメである。

右ページの眼鏡をかけたコウノトリが空を飛ぶ絵は、『小さなトロールと大きな洪水』にトーベ・ヤンソンが水彩で描いた挿絵。この画法は、初期のムーミン作品でよく見られる。

Tove

モンガガ侯爵　MARKIISI MONGAGA

「私は酔狂な人に興味があったのでね」。コミックス『南の島へくりだそう』の中でモンガガ侯爵はこう言って、南国の社交界にまぎれこんだムーミンパパと話しはじめる。上品な侯爵は、ムーミンパパが最近貴族の仲間入りを果たしたばかりのお金持ちだと勘違いし、ムーミンたちのボヘミアンな暮らしぶりをうらやましがる。ウイスキーで酔っぱらったある夜、侯爵はムーミンパパに、自分の秘密を打ちあける。実は彼は彫刻家で、しかも大きな象の彫像しか作らないと言う。

　彼は、自分の城と引きかえに、貧しい彫刻家の幸せな暮らしがしたいと考えていると言い、侯爵とムーミンパパは、知事の銅像の立つ市場で、文化破壊運動をおこなう。ふたりは、知事の銅像を川に投げすてると、代わりに侯爵が作った象の彫像を市場に立たせる。

　やがて、凍えるような夜とコーヒーのない朝を、ムーミン一家とともにボートを屋根にした浜辺で過ごした侯爵は、自分にはボヘミアンな暮らしは向かないという結論に達する。安いワインを飲むことができるのも、象徴的な意味合いを含んでいるときだけ。それでも彼とムーミンたちとの友情は、揺らぐことがない。

すべて『南の島へくりだそう』

火星人　MARSILAINEN

　ムーミンママの野菜畑に宇宙船が落下し、その直後に薪の山の陰から火星人が見つかる（コミックス『まいごの火星人』）。その頭には、灯油ランプのガラスのほやを思わせるものをかぶり、バネのような耳は、ホームシックになるとたれさがる。

　火星人とともに落ちてきた機械は、ムーミンママがいじると、おかしな現象を引きおこす。人々はあちこちで空を飛ぶようになり、ムーミンママとムーミントロールは小さく縮んでしまう。警察署長さんは、自ら発光するようになる。「あなたは、不思議なくらい電気をおびていますね」。火星人は署長さんにそう言うと、気にいった様子で彼のあとをどこまでもついてまわるようになる。

　火星人の両親が迷子の子どもを迎えにきて、ようやく署長さんは静かな自分の時間を取りもどし、ムーミンたちも元の大きさに戻る。

左・上ともに『まいごの火星人』

人魚　MERENNEIDOT

ムーミントロールの魚網に、腕が引っかかる。引きあげてみると、水から揚がったのは死体ではなく、人魚だった（コミックス『わがままな人魚』）。怒った人魚は海に戻るが、誰もムーミントロールの話を信じてくれない。人魚のほうも、ムーミンたちの存在を疑っている海男に、ムーミンたちが実在することを証明したがっていた。

やがてムーミントロールがさらってきた人魚がムーミン屋敷のバスルームに住みつくようになり、初めて他の人も彼女が実在することを信じる。人魚を見たい人たちの行列ができ、スニフはそれを利用して一儲けしようとする。人魚はムーミントロールに恋をしてしまい、食卓の真ん中に置いてある水槽から出たくないと言いだすが、ムーミン一家はと言えば、できれば人魚をやっかい払いしたいところ。しまいには、スノークのおじょうさんの機転のおかげで、人魚をパートナーの海男のもとへ帰すことに成功する。海男は、海草のかたまりのような姿をしている。

人魚たちの泳いでいる姿は、ムーミン作品の初期にも見られる。嵐の大波から姿を現す人魚たち（115ページ参照）の上半身は、コミックス作品のようにつつましく隠されてはいない。

戦争中の雑誌「ガルム」にトーベ・ヤンソンの描いた絵の中では、人魚たちが波の中から地雷を見つける。

ムーミンたちの存在を信じなかった海男のためにムーミントロールをつかまえた人魚。『わがままな人魚』

うみへび　MERIKÄÄRMEET

『ニョロニョロのひみつ』

ムーミンたちの航海中、または魚釣りの途中で、巨大なうみへびの頭が霧のかかった海面から顔を出すことがある。もし、うみへびがその体を丸ごと現したら、少なくとも帆船5つ分の大きさだろう。うみへびの存在は、人々をおどろかせはするが、おびえさせることはあまりない。うみへび自身は、ニョロニョロをこわがる。「うみへびたちは、クモみたいにこわがりなんだ」と、ムーミンパパは短編童話『ニョロニョロのひみつ』の中で思う。

コミックス『ムーミンパパとひみつ団』では、夫を亡くした大きなうみへびも登場する。ムーミンパパがスパイたちと歌う音痴な歌が、亡くなった夫のいびきを思い出させる、と喜ぶうみへびの頭に乗せてもらって、ムーミンパパたちはムーミン谷へ帰りつく。

うみへびは、ムーミンたちに協力的なときもよくある。それでも、コミックス『スニフと海の家』では、無作法なお客さんたちをおどかして追いだすことはできない。海の怪物のふりをしておどかしてほしいと頼むムーミンパパにうみへびは「無理よ。私自身が、自分を海の怪物だと思っていないもの」と答える。

ムーミンパパがいくら頼んでも、海水浴客をこわがらせることには同意しない。『スニフと海の家』

亡き夫の声を思い出すうみへび。
『ムーミンパパとひみつ団』

ムーミントロールとクリップダッスは、氷上で穴釣りをしようとして仰天する。
『おかしなお客さん』

海賊たち　MERIROSVOT

スノークのおじょうさんとミムラは、海賊たちに夢中。彼らは海だけでなく、ムーミン谷にもやってくる。ときどきふたりは海賊たちに追われる身になるが、追ってもらえるように自ら誘っている（コミックス『おさびし島のご先祖さま』）。海賊は、いつも一緒のふたり組で、どんなに小さなボートにも必ずラム酒の樽をのせている。海賊たちは、少しずつムーミン谷での暮らしに慣れてくるが、ムーミン谷を呪われた場所と呼ぶ。彼らにとって、ムーミン谷の住人たちは自分たち以上のトラブルメーカーで、彼らは自分たちの船「ブラッディメアリー号」を沈められてしまう。

コミックス『署長さんの甥っ子』では、海賊たちがウイスキーを密輸する。彼らが悪人であることは一目瞭然なので、探偵クラース（35ページ「ヘムル／ヘムレンさん」参照）は、あえて逆を読み、彼らを悪人に扮した仲間だと思いこむ。密輸されたウイスキーの箱が見つかっても、クラースは、密輸団の目をあざむくための目くらましだと解釈する。でっちあげのはずの密輸団すなわち海賊たちから、クラースが本当に密造たばこのボトルを押収すると、署長さんは心底おどろくが、海賊たちは逃げだしたあとだった。

『ムーミン、海へいく』

『おさびし島のご先祖さま』

ミーサ　Miska

コミックス『ふしぎなごっこ遊び』や『かえってきたミーサ』、そして童話『ムーミン谷の夏まつり』に登場するミーサは、小さくて陰気な性格。コミックスの中では、ムーミン一家に雇われた家事手伝いで、童話では洪水の中ムーミンたちと一緒に水に浮かぶ劇場に避難する。

ミーサは生まれながらの悲劇のヒロインで、真のトラブルメーカー。彼女は、人生の楽しみや喜びを台無しにしてしまうことにかけては天才的。自分の身に起こることは何でも、誰かが自分をいじめようとしている、と解釈する。

『ムーミン谷の夏まつり』

> おとといは、誰かが私の靴にまつぼっくりを入れた。私の足がでかいもんだから、ちくちくさしてやろうと思ったんだわ。きのうは、とあるヘムルが、家の窓の前を通りすぎたときに、意味ありげに笑ったの。そして、今度はこの洪水ときた！
>
> 童話『ムーミン谷の夏まつり』

トーベ・ヤンソン自身は、ミーサについて、創作メモに次のように書いている。「自己中心的、複雑で、傷つきやすく、疑いぶかく、メロドラマ的、罪悪感を抱いている」。そしてとげのようにまっすぐな黒い髪を描き、分け目を頭のど真ん中にした。彼女を描くすべての線は下に向かい、おでこのしわでさえも下がり気味。あまりにもみじめなので、ミーサの存在はむしろコミカルでさえある。

ミーサの人生における姿勢は、彼女の両親から受けついだもの。トーベの書いた舞台劇『ムーミンたちの舞台』で、ミーサは彼女のルーツについてこう語っている。

> ……「みじめ」は、私の母。「不幸」は、私の父……

創作メモによると、ミーサの性格はもともとホムサのために考えられたものだった。ホムサをミーサと名づけ、また別の人物がホムサと名づけられている。ミーサとホムサは、お互いに正反対の性格の持ち主。ホムサが目にする物事を不思議がり思案しているあいだ、ミーサは感情のままに生き、最初からささくれ立った心でさまざまな状況に体当たりしていく。人生を心から楽しんでいるムーミンたちも、ミーサとは対極に位置する登場人物たちである。

『ふしぎなごっこ遊び』

小さな不運も、ミーサの解釈にかかれば、大きな不幸となる。ムーミン一家は、辛抱づよく彼女を元気づけようとするが、ミーサはそんな気遣いを、自分を笑い者にしようとしているか、殺害しようとしているのだと受けとめる。花火は、彼女を爆破しようという試みで、水玉模様の壁紙は、

右ページはムーミンコミックス第2巻（フィンランド語版）の表紙より。

彼女のそばかすをからかってのことだと思いこむ。

コミックス『ふしぎなごっこ遊び』でのミーサは、自分と同じくらい気力のない相棒で、口かせ具で顔を覆う犬のインクを連れている（74ページ「犬」参照）。それでも、ムーミンたちとの暮らしは、犬とミーサの両方をまえより幸せにする。コミックスの中ではムーミンたちに勇気づけられ、こわいと思う半面いつも尊敬してきた姉のマーベル（38ページ「ヘムル／ヘムレンさん」参照）に会いにいく。童話の中では、偶然にも劇場で自分の居場所を見つける。舞台で彼女は正式に悲しみに打ちひしがれることを許され、誰もが憧れる、悲劇の末に命を落とすヒロインを演じるのだから。

何もかもが危険に満ちているわ！

あぁ、なんと喜ばしいことでしょう。あなたの頭が、こなごなになるのを見ることは。

童話『ムーミン谷の夏まつり』

ひたすら自己を哀れむミーサは、子どもの頃「一番小さいりんごしかもらえなかった」そうだが、被害妄想を断ちきるために、彼女は極端な行動をとる。一番こわがっている警察官の前で、殺人罪を認めるのである。

コミックス『かえってきたミーサ』では12年ぶりに家事手伝いとしてムーミン一家のもとに戻る。殉教者のような性格は相変わらず、ムーミンたちがいくら力を尽くしても、さっぱり自信を回復する気配はない。ミーサは、女性解放運動家になることで、人生に目的を持つことができる。男女平等を唱え、特にムーミンママのようなキッチンで働く家庭的な女性が平等な扱いを受けるよう、彼女は奮闘する。自分に手錠をかけ、塀につなぎ、怒りに満ちたデモ活動をおこなうが、ムーミン谷の女性はすでに選挙権を持っていることを聞かされる。

『ふしぎなごっこ遊び』

ミーサの視点から見た、ムーミン谷の男尊女卑の実態。『かえってきたミーサ』

『ムーミン谷の夏まつり』

私たちの世界のミーサたち

ミーサの性格の暗さは、軽い憂鬱さから被害妄想までさまざまである。他人になぐさめを求めるが、それを受けいれることはない。「どうして彼女を見ていると、いつも良心が痛むのかしら？」とムーミンママが悩むように、ミーサは他人に罪悪感を抱かせるところがある。ミーサの問題点は、自分が悲劇のヒロインでありたいこと、何をするにしてもそれがヒロインやヒーローの大きな不幸につながるのを望んでいることである。まずひとつに、ミーサが主人公であることは稀である。そしてふたつめ、残念でかつ幸運なことに彼女たちには、「人生を心から楽しんでいて、他の人にもそうあってもらいたいと願っている人たち」を、まわりに呼びよせる引力がある。

ミーサになってみよう

口を一文字に閉じ、眉間にしわをよせる。目の下の黒いくまをできるだけ強調させる。少し前のめりの姿勢になり、両腕はぶらさげる。ゆっくりとしたドラマチックな登場の仕方を練習する。ゆっくり登場したかと思うと、瞬時に銃弾を受けたかのように後ろによろめき、手首を前に向けて片手をおでこに当てた「嘆きのポーズ」をとる。目を限界まで横に伸ばし、頭はあまり動かさない。体全体に響くように、大きくため息をつく。最大のため息は、上半身から倒れこむようにしてつくこと。

ミーサになるには、次の言葉をくり返し使うと良い。「痛み」「不当」、そして「苦痛」。こう言うこともできる。「結局、この仕事も私の身にふりかかってきた」

上・右ともに『ふしぎなごっこ遊び』

黒い帽子の男　MUSTAHATTUINEN MIES

ムーミンコミックスのコマの下のほうに、他の人たちにまぎれて、気の荒い小さな男が歩いていることがある。彼は作品の中で紹介されることはなく、セリフがあるのも数回だけ。黒い帽子に、怒ったような表情、そしてくちばしのように長い鼻が特徴。コミックス『ムーミンママの小さなひみつ』では、ムーミンパパ同様に反対協会の会員で、コミックス『開拓者のムーミンたち』では、副王ハルモの部下として登場する。

おそらくムーミンパパは、彼の宿敵だろう。ムーミンパパが反対協会の執行部の議長に当選すると、黒帽子のかんしゃくは、はるか彼方まで及ぶ。ムーミンパパが議長を解任されると、彼は最初で最後の笑顔を見せる。

黒い帽子の男は、権力を欲しがるばかりではなく、口論に巻きこまれやすいところがある。どういうわけか、スティンキーとムーミントロールの酒場にも姿を現す（コミックス『スニフ、心をいれかえる』）。コミックス『ムーミントロールと海水浴場』では、珍しくベレー帽をかぶっている。

ムーミンパパが3 - 1の票の差で、執行部の議長に選ばれると不機嫌に。

『ムーミントロールと海水浴場』

ムーミンパパが議長を解任されたときの笑顔。
上の2枚とも『ムーミンママの小さなひみつ』

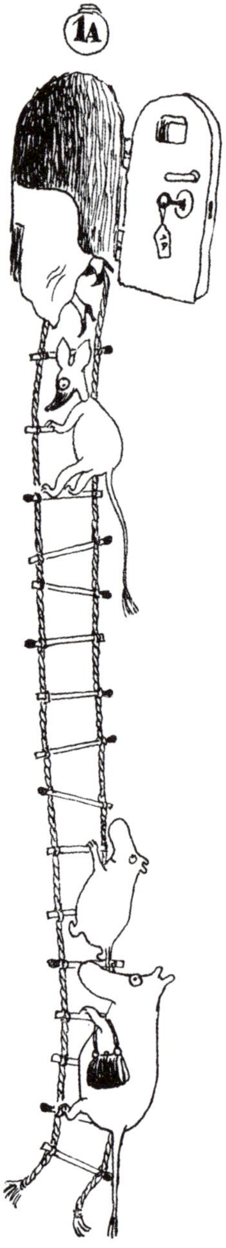

『小さなトロールと大きな洪水』

ムーミン族　MUUMIT

ムーミンは、トーベ・ヤンソンが創りだした生きもの。モデルになったものは明らかではない。動物でもなく、おそらく北欧のトロルでもない。ベランダでお茶を飲むムーミントロールたちの姿は、北欧の伝承的な野生のトロルとは、ほど遠いものがある。トーベが子どもの頃に好きだったという、スウェーデンの画家ヨン・バウエルの描くトロルには、少し似た形の鼻があるが、他に共通点はほとんどない。

ムーミンという言葉は、ムーミン族全体および主人公のムーミントロールの愛称として使われるが、この章では独立した種族としてのムーミンについて語ることにする。

トーベ自身は、ムーミンというキャラクターが生まれるきっかけになったできごとをふたつあげている。

その1）10代のトーベは、哲学的な討論を弟のペール・ウロフとくり広げていた。討論会には、夏のコテージの外便所の壁が使用され、ペール・ウロフが哲学者イマヌエル・カントの言葉を引用して書きこむと、トーベは醜い生きものの絵を描き、その下に「カント」と書いた。カリカチュア風の風刺画や格言でいっぱいの屋外トイレの壁は、若いトーベが夢中に討論したことを物語っていた。青緑色のさびですっかり覆われた壁は、2000年代初めに取りはずされて修復されたが、そこにはムーミンの親戚とも呼べるキャラクターがたくさん描かれていた。年月がたつにつれて、そこを訪れたムーミンファンたちが壁の破片を持ち帰っていってしまい、「カント」と書かれた部分もなくなってしまった。しかし、あるムーミンの姿をした絵の下に「スノーク」と書かれた部分は見つかっている。スノークは、ムーミンの初期の名前であり、形である。

トーベが雑誌「ガルム」の風刺画に鼻の長いスノークを登場させたことから、このキャラクターは、1940年代初めに彼女のトレードマークとなる。風刺画のスノークは、ときに批判的な顔をし、ときに風刺画の中のできごとに同情し、なわとびを跳んだり、目をまわしたり、長い鼻を突きだしたりしている。

その2）ムーミンの誕生や、特にその命名には、トーベの叔父で医療化学の教授でもあるエイナル・ハンマルステンも影響を与えている。トーベは学生時代、1930年代初期にスウェーデンでエイナル叔父の家に下宿していた。おなかをすかせたトーベが、こっそり食料棚に近づくと、エイナルは、タイルストーブの裏に住んでいるムーミントロールが、冷たい息を首元に吹きかけてくるぞと注意する。

ムーミントロールは、16歳のトーベと叔父の共通の遊びの話題だった。その存在はすきま風や冷たい息として気配がわかるだけ。人間たちの家にこっそり暮らす伝承的な恐ろしい妖怪の一族だったのである。

スウェーデン語名はMumintroll、英語名はMoomins。

初期のムーミンたちの移住地は氷山だった？　1932年に描かれたトーベ・ヤンソンの絵画。

童話やコミックスに登場するようになったムーミンたちに比べると、初期のムーミンたちはなんとも陰気な性格をしている。スノーク（148ページのスノークとは別）というキャラクターは、潜在意識の象徴で、酔っぱらったときに姿が見えたりするもの。朝帰りの公園では、おぞましい生きものたちにまぎれて、スノークたちが芝生に立っているのを目にすることだろう（右ページ下参照）。

ある時期のムーミンたちは、体が黒かったこともある。若きトーベは、孤独な黒いムーミンがひとけのない通りを渡っている場面や、灯台の近くで船をこいでいるシーンを描いている。1932年に描かれた絵画（103ページ）では、複数の黒っぽいムーミンの親類が巨大な氷山の上を歩く。姿かたちは、トーベが20年後にコミックス『おさびし島のご先祖さま』で描いた、厳しい顔をしたムーミンのご先祖さまを思いおこさせる。

トーベは最初のムーミン童話を、ソ連軍がフィンランドに侵攻してきた1939年冬に書いた。挿絵を完成させたのは、継続戦争（1941 - 44年）の後のことであり、できあがった童話『小さなトロールと大きな洪水』は、スウェーデン語の原文のまま1945年に出版された。

ムーミントロールは当初、編集者におかしな名前だと思われ、タイトルには代わりに「小さなトロール」という言葉が使われた。作者自身が「なかなかナイーブな作品」と語っていたこの最初のムーミン童話は、フィンランド語ではようやく1991年に『Muumit ja suuri tuhotulva（ムーミンたちと大きな洪水）』というタイトルで出版された。

第1作のムーミンたちは、まだ鼻が細長い。逆にムーミンたちが最も丸くなった時期は、イギリスの夕刊新聞「イブニングニュース」にコミックスが掲載された、1950年代の中盤である。

『ひとりぼっちのムーミン』

絵の中にさりげなく描かれた初期のムーミン。
下・右とも雑誌「ガルム」から。

1940年代に雑誌「ガルム」に掲載された絵。左下に描かれたスノーク（Snork）という名のムーミンは、トーベ・ヤンソンのトレードマークとして複数の作品に登場している。

右ページは8月の大パーティー。『たのしいムーミン一家』

親切なムーミンたち

　ムーミンの姿かたちは、すでに生みの親トーベが描くうちにも変化していき、トーベの下の弟ラルス・ヤンソンがコミックスを担当してからも、また新たな特徴が生まれている。しかし、彼らの性格は基本的に同じだ。最初の童話からずっと、ムーミンたちは親切で、冒険好き。みんなの幸せを願うムーミンたちは、ムーミン谷の中心となるグループ、「家族」を形成し、その規模はおなじみのお客さんや稀にやってくるお客さんによって変化する。ムーミン一家は、ムーミンママやムーミンパパ、そして息子のムーミントロールから成る。スノーク族はムーミンたちの親類で、スノークのおじょうさんはムーミン屋敷に住むこともある。

　ムーミンたちは、適応力があり、寛容である。ムーミン屋敷に、どんなに大変なお客さんがやってきても、お客さんには居心地良く過ごしてもらおうと努力する。ベッドを譲りわたし、客間や屋敷丸ごとさえも明けわたしてしまう。もし外部の人から生き方を批判されると、ムーミンたちは困惑しながらも、おとなしく言われたとおりに他の選択肢を試してみる。それが、禁欲生活であろうと、一夜限りの恋であろうと、宝石店強盗であろうと、冬のスポーツであろうと、モダンなインテリアであろうと、とにかく言われたとおりにやってみるのである。そして、ムーミンたちが異なる性格や習慣に直面するとき、コミカルな状況が生まれる。

　最終的にはいつも、ムーミンたちは元の自分たちの生き方に立ちもどる。預言者や賢者をきどる人たちが去ってしまえば（彼らもムーミン谷に来たときより視野が広くなって帰る）、ムーミンたちは以前のような暮らしを続ける。そうしたいと思ったら、庭でゆったりくつろぎ、パーティーを開き、たっぷり眠る。また、ムーミンたちは根っからの冒険家で、心から人生を楽しむ。岩の上から海に飛びこみ、食事中だろうとピクニックに出かける。タイムマシンは、彼らを異なる時代へと連れていく。ムーミンたちは、日常のすべてを遊びにしたてる。床はスケートのようにすべりながら磨き、庭の植物に水をまきながら海戦ごっこをする。

　ムーミンたちが思考をはじめると、当たり前だと思ってきたことを今一度疑ってみたり、物事を新しい観点で見たりする機会が生まれる。なぜ、朝早起きする者は、夜更かしする者より、健全だと言われるのか？　なぜクリスマスツリーを飾るのか？

　お金はムーミンたちを幸せにすることはない。家さえあれば十分だ（もし満員の場合はテントで寝れば良い）。食料なら、海や森や缶詰から得ることができるのだし。

目の前に現れた劇場ねずみのエンマにおどろくムーミン一家。『ムーミン谷の夏まつり』

ママ！表が出たよ！
じゃ、食べるのはやめにして！ごはんを持って、ピクニックに出かけましょう！
今、口に入っているものは、飲みこんでもいい？
…私は、ピクニックが大好きなのだ！
Tove Jansson.

ママ、悲しまないで。とても良いパーティーだったよ…
でも、あの人たちは楽しんでいなかったわ！
まだ、私たちがいるじゃないか！続きをしよう！
素敵なパーティーだ！
Tove Jansson.

ごらんになって！きのう任務協会の役員の方に注意されたばかりだというのに…
…なのに、昨晩パーティーで騒いだにちがいないわ！こんな真昼の太陽の下で寝ているなんて！
なんてひどい！
しかも、なんとも恥ずかしい体勢で！
Jansson

周囲には、ムーミン一家は、「あのおかしな一家」で通っている。無責任で、常軌を逸しているか、または、ただ単に風変わりな人たちだと。しかし、ムーミンたちの親切で誠実なところは、こう言って非難する人たちの心もやわらげ、知らないうちに肩の力を抜いて生きられるようにしてくれる。「もっとムーミン的思考ができたら良いのに」と言うミーサの犬のインクのように、多くの人が、ムーミンたちのようになりたいと願う。読者も同じ思いかもしれない。

左ページのコミックスは上から、『おさびし島のご先祖さま』『ふしぎなごっこ遊び』『ムーミン谷のきままな暮らし』

私たちの世界のムーミンたち

私たちの世界では、ムーミンたちのような人は意外と少ない。もっと多ければ良いのだが、すべての人に分けへだてなく親切に接し、一緒にいるだけで悩みを解決に向かわせ、参加したい人すべてのために楽しいパーティーを開く人々である。

ムーミンたちは、自分にとってやっかいな人たちに対しても、平等に接する。そして彼らを、自己を哀れむ心の深いところからすくいあげ、仕事中心の人生や金銭に対する強欲などの虚しい価値観から自由にしてやるのである。不可解に思えるかもしれないが、そのすべての中心にいながら、ムーミンたち自身は変わることがない。他人の苦痛や退屈さは、彼らの頭を永久に悩ませることはない。もしパーティーで楽しめない人がいると、彼らは少しのあいだ悲しむが、そのあとはまたパーティーを続け、自分らしいやり方で楽しむのである。

ムーミンたちの隣人や知人は、彼らは無責任だと、たびたび文句を言う。これはどちらかというと、自分たちが退屈な人間ゆえの批判であり、ムーミンたちは日常を日常として過ごさないというだけなのだ。ムーミンたちの生き方についての批判は、トーベ自身も特に1970年代によく受けた。世界で起こっている不当なできごとも忘れて牧歌的生活を楽しんでいる上流社会の人々とムーミンたちが重なる、と言うのだ。ムーミンたちが、世の中の不当なできごとに無関心と批判するのは誤解がある。事実、彼らには悩みがないというわけではない。

彼らの問題点は、すぐに罪悪感を抱くところであり、そのために「ノー」と言えなくなってしまうところ。彼らは自分を主張することもうまくできない。度がすぎる親切心も、なじみのないものだ。周期的にやってくる騒動が、逆に彼らを自由にする。あまり好きではない家宝の絵画は、ダーツの的にしてしまって良いのである。

ムーミンになってみよう

もともとの体形がムーミンを彷彿とさせるなら、それをさらに強調させる。肩を下げて、なで肩にする。白っぽい色の服を選び、黒っぽい靴と手袋を身につけること。ムーミンたちの手足はおどろくほど小さい。胴部に力を入れて立ち、手足は機敏に動かそう。特に、機敏な動きをするのは元祖ムーミンのほうで、いわゆる新しいムーミンはもっと不器用である。

泳ぐことを楽しみ、フィンランドヨーグルトやコーヒー、ブルーベリーパイを味わうなど、素朴なことを楽しもう。南西風を考慮すること。

内なるムーミンを見つけだすのは、なかなか時間のかかることだろう。素直で正直であることが大切。花や木、海を心から慈しみ、嵐がきたらすぐに外へ飛びだす。家に帰るときは、見つけた宝物に有頂天になりながら。木の枝、空きビン、ビニール袋など、風や海は何を運んでくるかわからない。

たとえ、自分自身はムーミンには思えなくても、パーティーを開いてみることもお勧めする。最初に、少しでもムーミン的な人を招待する。自分の独特なパーティーの伝統を作り、仕事中心の人生を送っている人や自己否定に悩む人も含めて、すべての人にオープンなパーティーを開く。

ムーミンたちのようになるには、やってはいけないこともある。たとえば、思ったことを口に出さずにいることが思いやりになることもあるからだ。

何よりも守らなければならない決まりは、ひとつ。どんなことがあっても、他人の個性や個人的な試練について、いじわるな発言をしないこと。

時代によって、トーベ・ヤンソンのムーミンのキャラクターの描き方には違いがある。その変化は、同じ作品の異なる版で明らかになる。新版や新しい訳書を出版するとき、部分的に挿絵が(多くの場合文章も)修正されている。左から、1946年、1956年、1968年に出版された童話『ムーミン谷の彗星』で、スノークのおじょうさんが、ムーミントロールに向けてポーズをとっているシーンの挿絵。

右ページはヘルシンキの旧市庁舎にあったレストラン、カウプンギンケッラリのために描かれたフレスコ画の一部。トーベは、1947年に制作したこの壁画に自分自身(手前の座る女性)とムーミントロール(ワイングラスのとなり)も描きこんでいる。その後ろでは、トーベの友人で恋人のヴィヴィカ・バンドレルが、バラ模様のドレスを着て踊っている。

ムーミンたちのご先祖さま
MUUMIEN ESI-ISÄT

小さな子孫よ、
マッチを
貸したまえ！

ムーミンのキャラクターには、若きトーベ・ヤンソンが絵画や風刺画で描いた初期の姿があるが（102ページ「ムーミン族」参照）、ムーミンたちのご先祖さまも作品に登場している。ご先祖さまは、3つのタイプに分けられる。

1. タイルストーブの裏に住んでいる、白っぽくて鼻が長いご先祖さま（風刺画のスノークを思わせる）。
2. 童話『ムーミン谷の冬』の毛深いご先祖さま。
3. コミックスに登場する背の高いご先祖さま。

ムーミン童話第1作『小さなトロールと大きな洪水』の中でムーミンママは、彼女の幼少時代、ムーミンたちがどんなふうに家住みトロールとして人間の家で共存していたか、話している。その頃、ムーミンたちの住みかは大きなタイルストーブの裏だった。

『小さなトロールと大きな洪水』

「なかには、今もそこで暮らしているトロールが、きっといると思うわ」ムーミンママは言いました。「まだタイルストーブがある家にはね。熱を通すセントラルヒーティングの管は、私たちは好きじゃなかったの」
「人間はそのとき、ぼくらのことを知っていたの？」ムーミントロールは聞きました。
「知っている人もいたわ」ママは答えました。「たいていの場合、彼らが私たちの存在に気づくのは、首元に冷たいすきま風を感じたとき。ひとりでいるときにね」

童話『小さなトロールと大きな洪水』

このシーンには、タイルストーブのまわりに群れている白い小さなムーミンたちの挿絵が添えられている。遠い親戚には、家住みのトロールの他に、同作品の挿絵で2度姿を見せる海のトロールも数えられる。海のトロールのひとりは、航海が得意だということが明らかになる。彼は、嵐の中ニョロニョロの船を陸へ導く。海のトロールは、嬉しそうに遠い親戚にあいさつするが、ムーミントロールは「親戚とは言っても、かなり遠い血のつながりだ。ムーミンは、海のトロールよりずっとすばらしい種族だもの」と考える。

ご先祖さまや古い血のつながりに関しては、ムーミン作品の中では少し秘密めいたところがあり、羞恥心や俗物的な言動すら見られる。

『ムーミン谷の冬』

前の代のムーミン一家は、家族写真で真面目な表情を浮かべている。
『ムーミン谷の冬』。他はすべて『おさびし島のご先祖さま』

ムーミンと、その仲間たちがニョロニョロの船で航海しているところ。左上と右上の波頭に海のトロール。『小さなトロールと大きな洪水』

童話『ムーミン谷の冬』で、むしゃくしゃしたムーミントロールは、水あび小屋の戸棚のドアを開けてしまい、その結果ご先祖さまは外へ逃げてしまう。

このご先祖さまは小さくて、毛深く、灰色で、ひと言もしゃべらない。彼には（ムーミンたちにはない）一般的なトロールの特徴が見られる。ご先祖さまが動くと、すきま風が吹く。長いしっぽをたらして、シャンデリアにぶらさがり（113ページ）、タイルストーブのまわりに巣を作る。ムーミントロールは初め、ご先祖さまをねずみと呼ぶが、自分のご先祖さまだと知ると、絵画や装飾品、客間の家具などの家宝を紹介する。

コミックスでも、ご先祖さまたちはふとしたことがきっかけで自由になる。

ムーミンたちは、偶然にもミイラのような体勢で直立したご先祖さまの眠る、石器時代の墓地を発見する。ムーミン一家に比べると、このご先祖さまたちは背が高いが、色は同じである。地上に連れてこられたご先祖さまたちは、あっというまに息を吹きかえし、たき火に火をつけはじめる。ムーミンパパは、彼らが高貴であることを望んだが（初期のコミックスで、雑誌「君主制支持者」を読むムーミンパパは、ムーミンは古代エジプトの君主ファラオの子孫だと信じこんでいたので）、ご先祖さまたちは火遊び好きであるだけでなく、難破船荒らしであることも発覚する。彼らは、にせの火のサインを使って、船をおびきよせて難破させる。ついにご先祖さまたちは、何千本もの打ち上げ花火で自らを爆破するが、まだ彼らは消えさりはしない。雲の上から、子孫たちをもう一度助けるのである（コミックス『おさびし島のご先祖さま』）。

ムーミンママ　Muumimamma

掃除は、
大げさに
考えないほうが
良いわ

もしムーミン一家をムーミン谷の核の部分とするなら、ムーミンママは、そのまた中心に存在している。ムーミントロールの母親で、ムーミンパパの妻。トレードマークはハンドバッグとエプロン。好きな花はバラ。ムーミン族の中で最も精神的に安定していて、寛容である。家族だけでなく、しょっちゅうやってくるお客さんの世話もする。ムーミンママはいつも、今日のごはんは何にしようかと考えている。必要に迫られれば、アイデアに富んだ方法で、家族の食事を用意する。朝食の入ったバスケットがなくなったとき、ムーミンママは、イノシシの目におしろいをふりかけるという、ユニークな方法でイノシシを狩る。しかし、食料になった動物のことを思うと、ムーミンママは罪悪感に悩まされる。

ムーミンママは身のまわりの世話をしてくれるだけでなく、多くの人にとって精神面でも大きな支えとなっている。すべての人を受けいれ、話に耳をかたむけ、元気づける。ムーミン谷の心安らぐ雰囲気は、そのほとんどがママのおかげで生まれていると言えるだろう。彼女の与えてくれる心の安定感のおかげで、他の人は意の向くままに自分の道を進む勇気を持てる。彼女自身も人生を楽しんでいるから、誰もが無駄に恩義を感じずにすむ。誰かが家に帰れば、いつでもケーキかラム酒のホット・トッティが用意されているように、ムーミンママが冒険に一緒に出かければ、食べ物や寝床に困ることもまずないだろう。

特に、コミックスの中では、ムーミンママがいかにすべての家事をこなしているかが、強調される。その一方で、キッチンが実験室として使われることになれば、文句も言わずに快く明けわたす。ママはパーティーを心から楽しむが、ひとりでいる時間、特に庭しごとをしている時間も好き。掃除は、ストレスを感じない程度にこなす。それでも、ムーミン谷はいつもとても美しい。

ムーミンママなら助けてくれると多くの人が信じている。おしゃまさんは姿が目に見えない女の子を、スナフキンは24人の子どもたちを、ミムラ夫人はのちにムーミン一家の養女になるちびのミイを、それぞれムーミンママのもとへ連れてきた。ムーミンママがフィリフヨンカに勧められて雇った家事手伝いにしても、実際はムーミンママが世話を焼く相手がひとり増えることになる。

もし誰かが悩んでいたら、ムーミンママは決して自分の意見を押しつけることはせず、極力控えめに彼女の観点を述べる。自分のほうがよくわかっている、などと言うことは絶対にない。人生に不意打ちのできごとがあっても、ムーミンママはいつも良い方向へ考える。

『ムーミンパパ海へいく』

上は『預言者あらわる』、
右は『ムーミンママの小さなひみつ』

『おさびし島のご先祖さま』の初期の版。（訳者注：現在の日本語版にはない場面）

自分や誰かが何かを壊したときは、それはいらないものか、気に入っていなかったものだったと言う。または、壊れたものがジャムのビンなら、それは年に一度ハナバチに捧げるためのものだった、ということにしておく。

ムーミンママは、「母親の愛」ばかりでなく、「命の美しさ」や「再生力」が形を成したとも言える人物。貝がらで飾られた小道は、ベリーや果物がたわわに実る庭へと続く。ムーミンパパの人生にムーミンママは、ギリシャ神話のアフロディーテのごとく、泡立つ海の波に揺られながら現れる（おそらく、ハンドバッグをぶらさげていたムーミンママの上陸のほうが、コミカルだったであろうが）。絵本『それからどうなるの？』のムーミンママ（121ページ）は、太陽を後光として、バラや二枚貝に縁どられた、巨大な女神のように描かれている。

バラの花に囲まれて　やさしいムーミンママが見える
ベリーをつんで　帽子に集めている

絵本『それからどうなるの？』

そんなムーミンママだが、ときには自分の役柄に疲れてしまうこともある。それがほんのいっときだけだとしても、家族は慌てふためく。「どうして、私は他の人と同じように、機嫌を悪くしてはいけないの？」と、コミックス『ムーミンママのノスタルジー』の中で、ママはこぼしている。コミックスの中では、ムーミンママもときどき、新しい生き方を試してみる。ボヘミアンな生活にふれ、自然の中へ逃げだしたり、泥棒協会や自警団のボランティアに参加したりする。ムーミンママが暴走をはじめると、他の人は我が身をふり返り、自分も少しふざけすぎたかなと考えだす。

ムーミンママにとって最も苦痛な日々が、童話『ムーミンパパ海へいく』の中で描かれている。彼女は家族の荷物をまとめて、どちらかというと夫の夢を叶えるために、遠い不毛の島へ移住する。緑豊かなムーミン谷を離れることはつらく、道中を彼女はただ寝て過ごす。灯台の島ではバラは育たず、ついに、ママは自分のために灯台の内壁に庭の絵を描く。そうして絵の中に入りこみ、りんごの木の下で眠りに落ちるのだった。

トーベもラルスも、寝ているムーミンママをいく度となく描いている。灯台の島ではムーミンママの眠りは現実逃避だが、普段のママは自然に囲まれて穏やかな白昼夢を見る。ムーミンママとフィリフヨンカの春の日の楽しみ方は、大きく異なる。フィリフヨンカはわき目もふらずに掃除に打ちこみ、ムーミンママは外へお昼寝をしにいく。

ランチは、缶詰を開けて食べるだけ。最初の春の日には、何も仕事をする気にならないわね。

コミックス『春の気分』

モデル

ムーミンママのモデルになったのは、トーベ・ヤンソンの実の母親、風刺画や挿絵の画家だったシグネ・ハンマルステン・ヤンソン(Signe Hammarsten-Jansson 1882 - 1970年)。彼女は、「ハム(Ham)」という芸術家名を名乗っている。ムーミンのキャラクターが、このようにはっきりとしたモデルを持っているのは稀なこと。たとえば、ミムラやフィリフヨンカ、ムーミントロールについて、トーベはメモ書きの中で事細かに詳しく描写しているが、ムーミンママに関してはシンプルに「ムーミンママ=ハム」とだけ書きしるす。ムーミンママとはちがって、シグネは、家事以外のことも多くこなしていて、安定した収入で家族を養うために、本の挿絵や、切手デザインの仕事をしていた。雇っていた家政婦も頼りになった。シグネは子どもたちが寝ているあいだも、絵の仕事に専念していた。

『たのしいムーミン一家』

ムーミンママの言葉には、ムーミン作品の価値観が凝縮されていることが多い。コミックス『ふしぎなごっこ遊び』の彼女の考えは、特に深い。ミーサの犬が、自分は犬なのにねこしか好きになれないことを告白すると、ムーミンママはこう言う。「どうして、何でもそんなに悲観的にとらえなければならないの？　ねこでも犬でも、何よりも一番大切なのは、誰かを好きになるということでしょう」と。

灯台の陰気な壁は、ムーミンママには合わない。『ムーミンパパ海へいく』

私たちの世界のムーミンママたち

ムーミンママたちは本当に素敵な人物だ。彼女たちに対しては、自然に尊敬の気持ちが湧きあがってくる。広い心を持つ彼女たちは、つよい影響力も持っている。ムーミン作品の中で、年齢に意味があることは稀だが、ムーミンママはとても良い意味で、大人である。

ムーミンママたちは、人生の本質を理解していて、物事の全体像を把握している。自分の責任はきちんと負うが、それに押しつぶされたり、悪感情をつのらせることはない。その一方で、彼女たちには子どものような面もある。遊んだり、はしゃいだり、そのほうがおもしろければ言いつけを守らないこともある。

多くの人がムーミンママの存在の生みだす安心感に身をゆだねている。ムーミンママに育てられた子どもたちは、明るく、つよい人に育つ。子どもだけでなく、大人にも、自分自身について深く考えてみる機会を与えてくれる。ムーミンママのような自己中心的ではない人の存在があれば、安心して自分と向きあうことができる。

職場では、忠実で働き者のムーミンママを、ボスがつい自分勝手にこき使ってしまう。雑用を頼まれて働かされても、彼女は幸せそうに見えるからである。

ムーミンママたちは、決してめそめそ愚痴を言うようなことはしない。コミックスのムーミンママも、急に大仕事ができても、目を見開くだけ。もし文句を言うようなことがあったとしても、ミーサのようにいつまでも嘆くようなことはない。ムーミンママたちが嘆き悲しんで私たちの前から姿を消したら、安全な世界が終わることになる。ムーミンママのような人は、次から次へと出現するものではなく、ムーミンママのような人が周囲にひとりもいない人もたくさんいる。不思議なことに、そういう人が、自らムーミンママになることもある。

ムーミンママでいるのは、どんな気分だろうか？　間違いなく、ときには疲れ果ててしまうこともあるだろう。みんなの中で、唯一心やさしく、賢くいなければならないなんて！　幸い、ムーミンママ自身は、自分がどんなに重要な人物かをわかっていないようだ。いずれにしても、ムーミンママたちは、一瞬一瞬を喜び、楽しむことを知っている。機会があれば、浜辺に逃げだしたり、大好きな人たちと一緒にパーティーをしたり、他の人の幸せからパワーをもらったり。
　ムーミンママたちにも、お手本にしている人がいて、困ったときはその人に頼る。童話のムーミンママのお手本は、亡くなった祖母で、いざというときは彼女の料理本や家庭医療本を参考にする。そこには、恋に落ちる飲み物のレシピや、「知り合いが霧になってしまって、どこにいるのか見えないとき」にどうすれば良いのかなども書かれている。

すべて楽しいことは、おなかに良いのですよ

ムーミンママになってみよう

　ムーミンママの偉大さは、唯一無二のものなので、ちょっとしたヒントですぐに真似できるようなものではない。それでも、自分の人生に対する姿勢を変えたい方向へ変えていくための、具体的なアドバイスを次に並べる。
　水道管から水が漏れたり、なべの底が焦げたりと、予想外のことが起こったときは、下のセリフのいずれかで自分と他人をなぐさめる。

『春の気分』

・これからは毎日プール遊びができるわね。
・いずれにしても、あまりおいしくない料理になりそうだったわ。パンケーキを作りましょう。
・家族のみんな、荷物をまとめて。ピクニックに出かけるわよ！
（コンロやキッチン用品が、壊れていたり、怪しい薬作りに使用されたりしていて使えないときにも、このセリフを用いることができる）
・まぁ、先に掃除をしておかなくて良かったわ。

　無理に、一度に完璧なムーミンママになろうとしないこと。もともと、少しでもムーミンママらしさを持っているなら、それは喜ばしいことである。
　自分自身に対して厳しくなりすぎないように。本当のムーミンママもそうはしないはずだ。ちょっぴり羽目をはずすことも、共感を呼ぶというもの。太陽の日差しの下でも日陰でも、戸外であろうと室内であろうと、眠れる機会はすべて活用しよう。そして、パーティーの精神は、何よりも大切だ。

『目に見えない子』のデッサン画。

ムーミンパパ　MUUMIPAPPA

ムーミンパパは、ムーミンママの夫で、ムーミントロールの父親。黒いシルクハットがトレードマーク。ムーミン谷の開拓者。塔のような形をしたムーミン屋敷の建築者でもある。彼は、空色の部屋に座りこんで、自分自身が主人公の思い出の記や冒険記を執筆する。

なんてことでしょう。
自分がとても
誇らしく
思えてきました

執筆中に、ムーミンパパは感動して、泣きそうになりました。

童話『たのしいムーミン一家』

ムーミンパパの人生のはじまりは暗いものだったにもかかわらず、彼は自分の青春時代から絶えずインスパイアされている。彼は、孤児として、ヘムレンおばさんの禁欲的なみなしごホームで育った。自分が特別であるという確信は、すでにこの頃からムーミンパパの自尊心を支えている。特別な星の下に生まれたことや、「栄冠をかざって」戻ってくることをつよく信じていたのである。

童話『ムーミンパパの思い出』は、その信憑性については不確かではあるが、ムーミンパパの語りによって物語が紡ぎだされる。彼は、フレドリクソンやヨクサル、ロッドユールとともにした若き日の冒険について語り、ムーミンママとの出会いで思い出の記を締めくくる。コミックスでも、ムーミンパパは懐かしむように「嵐のような青春時代」を思いかえし、あの頃と同じ状況に戻ろうと奮闘する。その結果、家族を巻きぞえに、パーティーで激しく浮かれ騒ぎ、さまざまな探検にも一家を連れだす。ムーミンパパは、灯台守やカウボーイの他、船長や研究者、壮大な航海小説を書く作家にもなりたがる。

パーティーの主催者として、ムーミンパパはなくてはならない存在。彼は、ダンスミュージックを準備し、酒樽を会場に転がしてくる。酒樽の中身は、ヤシの実ワインやウイスキー、または「赤い飲み物」（材料のひとつがナナカマドの実のリキュール）。自分ひとりのときは、ラム酒のホット・トッティを楽しむこともある。コミックスのささやかな飲み会では、若き日の友人ウィムジーとグラスを交わす。

コミックスの終わりのほうでは、息子のムーミントロールとも乾杯している。

『ムーミンパパの思い出』

ムーミンパパは、息子のお手本になろうと努力するが、何がモラルの範囲かがあやふやになることがあり、ときどき非常に怒りっぽくもなる。

ムーミンパパが最もアグレッシブな一面を見せるのは、ワイルドウェストのエピソード。訪れた場所が刺激に乏しく、期待はずれだったことから、ムーミンパパは穏やかな村で銃撃戦をはじめたため、保安官に一家ごと追放される。

『ムーミンパパの灯台守』

思い出が私を支配する!

『ムーミンパパ海へいく』

モデル

ムーミンパパのキャラクターは、トーベ・ヤンソンの父親である彫刻家ヴィクトル・ヤンソン(Viktor Jansson 1886 - 1958年)から部分的に影響を受けている。ムーミンパパのように、火事や嵐を愛し、真夜中でも家族を起こしてその現場を見にいった。行ってみて、ただの「ちっぽけな火事」だと彼は落胆した。英雄の像を作ることで名が知られていたヴィクトルは、1917 - 18年の内戦に兵士として出向いたあと、性格に変化があったと伝えられている。以前は明るくて社交的だった彼が、めったに笑わなくなってしまったのだ。

『タイムマシンでワイルドウェスト』

ムーミンパパによる祝辞の書き方

まず、北欧の短い夏について簡単に述べ、そのあとで話題を自分の青春時代の輝かしかった時期に移す。

『ムーミン谷の夏まつり』

私たちの世界のムーミンパパたち

ムーミンパパたちは、現在の年齢に関係なく、過去をしかと見つめる。幼少時代は、青春時代よりも良いもので、青春時代は中年時代よりも、彼には輝いて見える。自分の手で作りあげたものを見て、「あの家は、私が建てたのだ」と実感するのは、とてもすばらしいこと。しかし、ムーミンパパたちは、そわそわと落ちつかない気持ちに悩まされる。彼らはいつでも、海へ、孤独な島へ、逃げだしたくてたまらないのだ。漁師として、救出者として、作家として、牛飼いとして、研究者として、認めてもらいたい。

野心的なプロジェクトをはじめては周囲の人を巻きこむが、彼ら自身が他者のはじめたことに参加することはめったにない。また、ムーミンパパのような女性も存在する。

いつもどこか物悲しげなところがあるムーミンパパ。昔は良かったし、今も変わらずうまくいっている人もなかにはいるのだろう。でも何か大事なパーツが欠けているかのようで、それはそのときどきに思いついた活動でしか埋めあわせができない。残念なのは、その行動が他者には理解されにくいことだが、さらに悲惨なのは、それを行っているときの孤独感だ。ムーミンパパたちは、すべての責任を自分ひとりで背負おうとする。

幸運なムーミンパパには、ムーミンママという伴侶がいて、そっと見守り、ムーミンパパの要求やアイデアを事前にくみとってくれる。ムーミンママたちは、そんなムーミンパパたちを注意深く、現実的で規模の小さい方向へ（つまり自分の家のベランダへ）と導き、彼らのやり方を笑うようなことは決してしない。

パーティーでは、ムーミンパパたちの右に出るものはいない。なぜならパーティーという場では、過去をふり返ることや大げさで開放的なふるまいが好まれるから。覚えておかなければならないのは、ムーミンパパたちには思いきった行動力があること。彼らが腹を立てるとき（ほとんどの場合が自分自身に対して）、ふさわしいふるまいの基準が曖昧になり、小説の原稿などの宝物も、ぽいっと海に放り投げてしまう。いつもこのような行動が、意外にもムーミンパパを自由にする。そんなムーミンパパだが、ときには自分のベランダ以上の場所は求めたりせずに、満足そうにくつろいでいる。

『ニョロニョロのひみつ』のデッサン画。

ムーミンパパになってみよう

ノートかノートパソコンを持って、高いところに行く。遠くを見わたすようにして、近くに来る者には邪魔をしないでほしいという気持ちを理解してもらう。

帽子やマントなど、目立つ小物をどんなシチュエーションでもいつも身につけよう。それは、自分の気持ちをコントロールできなくなって、石をけりはじめても（残念ながら、そうなることは避けられない）、ずり落ちないものであることが肝心。

ムーミントロール　MUUMIPEIKKO

助けにきたよ！

ムーミントロールは、ムーミンママとムーミンパパのひとり息子だが、両親がスニフとちびのミイを養子にしたため、正確にはママとパパの子どものうちのひとり、ということになる。ムーミン一家の家族として、ときには、スノークのおじょうさん、スナフキン、ホムサ、ミムラねえさんが登場する。それでも、血のつながった母親と息子の間では、特別な意思疎通ができている。スウェーデン語名はMumintrollet。

「それはぼくのだ」と彼は考えました。「それは、ぼくへのものに違いない。ママはいつも夏の最初の木の皮の小船を、一番好きな人に作るんだ。それで、他の人が気を悪くしないように、ちょっとごまかすんだ」　童話『ムーミン谷の夏まつり』

心やさしく、考え方の柔軟なムーミントロールは、作者トーベ・ヤンソンが証言しているように、自然愛護家。春一番に芽を出す球根植物のために詩を作り、育つものすべてを敬愛している。しかしみんなに誠実であろうとするために、良心を痛めることがたびたびある。渡り鳥のオオバンが台所の煙突に巣を作ったときも、彼は鳥の味方をする。

初夏のある日、ムーミンママがこしらえてくれる木の皮の船を心待ちにするムーミントロール。『ムーミン谷の夏まつり』

「でも、春には鳥が帰ってくるんだよ！」ムーミントロールは叫びました。「帰ってきたときに巣は同じ場所になくちゃいけないんだ。ぼくたちは、外でご飯をつくればいい」
「一生、外でご飯をつくる気？」ちびのミイが聞きました。
「うん、まぁ、そうしたら少しずつ巣の位置を変えていけばいいじゃないか」ムーミントロールがぼそっと言いました。
「はんっ、典型的ね！」ちびのミイが言いました。「オオバンが、巣の場所がいっぺんに移ったか、少しずつ移っていったか、違いがわかると思うの？　自分の良心を痛めずに追いだすために、自分で勝手に言ってるだけでしょ」　童話『ムーミンパパ海へいく』

ある種の探検家であるムーミンたちに、このような矛盾は頻繁に起こっている。ムーミントロールが、キイロケアリに占領された美しいしげみの中のあき地を見つけたときも、あき地をアリたちからひとりじめする権利として、「ぼくは、百万匹のアリたちよりも、このあき地を愛しているから」と理由づけている。アリを灯油で焼き殺すというちびのミイの解決策は、とうてい正しいとは言えない。「大量殺人」と、うめくムーミントロールに、「自己ぎまんよ」とちびのミイは言う。
ムーミントロールは、物語の中で少しずつ目に見える成長をとげる、数少ないキャラクターのひとり。その成長は、童話の中で見られるもので、コミックスでは目立った変化はほとんどない。
初期の童話でムーミントロールは、母親の全能を信じている。彗星がムーミン谷を滅ぼそうとしていても、「ママなら、みんなを救う方法を知っている」という具合に。ムーミンママの手作りのお弁当を持って、ムーミントロールはあちこちへ冒険に出かける。ウールのズボンは、状況次第で、惜しむことなくワニの口の中に脱ぎすてる。
童話『ムーミン谷の冬』で、ムーミントロールは、深刻な問題の数々に直面する。彼は冬眠中のムーミンとして、寒くて奇妙な冬にたったひとり目覚めてしまう。誰からも関心を持たれない自分は、何もできない孤独な生きものだと思う。

初めて海にもぐったムーミントロールは泳ぎがとくい。『ムーミン谷の彗星』

「でも、ぼくは秘密めいた生き方をしたくないんだ。今こうしてまったく新しい世界にいるけれど、ぼくがそれまでどんな世界で生きてきたのか、誰もたずねたりしないんだ」
童話『ムーミン谷の冬』

やがて友達となる率直なおしゃまさんのおかげで、ムーミントロールの独立心は少しずつ育っていく。彼は、自分の母親にならって、お客さんを家に泊めてあげると、いちごジャムでもてなす。
童話『ムーミンパパ海へいく』でのムーミントロールは、家族から離れてしげみの中のあき地に引っ越す。そして深く絶望的にうみうまに恋をし、モランとすら関係を築きはじめる。こういった出会いについて、ムーミントロールは誰にも内緒にしておく。
ムーミントロールは、誇り高い冒険家。崖の上から眼下に広がる風景を眺めるロマンチストなところは、父親ゆずり。彼は勇敢に、荒れくるう波にもぐり、木や山のてっぺんにのぼり、頻繁にムーミン谷に迷いこんだ者や住んでいる者、特にスノークのおじょうさんを救いだす。スノークのおじょうさんは、彼にとって永遠のロマンチックな愛の対象である。ライバルが登場すれば、ムーミントロールは情熱的に戦いをいどむが、勇敢になることが、必ずしも勇ましい結果をもたらすとは限らない。
ときにムーミントロールは、スノークのおじょうさんが心をうばわれる者たちに同情したり、哀れに思うこともある。ムーミンコミックスでは特に、自分自身も惚れっぽいところがある。お相手は、プリマドンナやヒロイン女優（196ページ）、人魚（94ペー

Tove

ジ)、また中年のお役人（10ページ）だったこともある。
ムーミントロールを通して、トーベは、男または女であることの不思議さを描く。勇敢な役とかよわい役との間にくり広げられる、この永遠のごっこ遊びは何なのだろう？ラルスのストーリーの中では、ムーミントロールは、男らしい役をこなしている。探偵や記者、砂金掘りになってみたり、スノークのおじょうさんとの婚約ごっこを逃れるために、放浪者になることもある。
ムーミントロールは、自分にとっての快楽を求める性格で、いつも最終的には家に帰ってくる。スナフキンに憧れているが、自分は旅人に向いていないことを、いく度となく思い知る。

左ページは『ムーミン谷の彗星』のスウェーデン語版の初版より（一部）。どんどん近づいてくる彗星は、海底を干上がらせてしまったため、竹馬で進まなければならない。

私たちの世界のムーミントロールたち

私たちの社会に存在するムーミントロールたちは、よく気が利いて、親切。しかも、そういうふりをしているのではなく、本当に心やさしい。他の人に興味を持って近づき、他者を傷つけるようなことはまずない。その一方で、いつも誰かに対して同情している部分がある。彼らは、そういう人の哀れな状況に責任を感じ、少なくとも何とかしてあげなければという使命感を持っている。まさに世界の危機に直面している地域で、ボランティアをするべき人たちである。もし参加しなければ、永久に罪悪感に悩まされるからだ。しかし、ムーミントロールたちは、とても繊細な面があるため、そういった活動に参加しても長くは続かない可能性はある。自分がセンシティブなことにも、罪悪感を持つ。

ムーミントロールたちは、簡単に答えの見つからないような、人生の問題に絶えず立ちむかっていく。彼らはつよい感情を持ち、他の人が見向きもしないようなことに、いちいちきちんと立ちどまる。そのため、「物事をこれ以上複雑にするんじゃないよ！」と言われてしまう。現実には、彼らほど感情に左右された人生を送っている人は稀である。
思い出や古い物に執着し、手放すことが苦手なムーミントロールたち。スナフキンやおしゃまさんのような友人の存在は、彼らの視野を広げてくれる。ストレートな物言いをするちびのミイと何度も言い争うが、ちびのミイもまた、ムーミントロールたちが完全な行き止まりにたどり着かないように、手助けしているとも言える。
ムーミントロールたちは、すべての人の幸せを願っている。彼らは、疑問に思ったことを恥ずかしがったりせずに、素直に声に出してたずねることができるほど純粋で、それがきっかけで世界が変わ

自分だけのひみつの空き地にママを案内した。『ムーミンパパ海へいく』

ることもある。
　何事もなるべく話し合いで解決したいと思っているムーミントロールたちだが、彼らの友達にはもっと簡単にことを始末したいと考える人物が多い。キイロケアリとも、話し合いは不可能である。
　現代の男性キャラクターとして、ムーミントロールは、「若くて繊細な」児童書の主人公に分類されるだろう。大自然の中の元気な男の子や祖国の賢い英雄たちなど、ひと昔前の理想についてもよく知っている。自分で望めばそういった役目も果たすが、同じくらい自然に、花摘みの役や、いつまでたってもスキーの滑り方を覚えない人にもなれる。また、女性にも大いに当てはまるキャラクターである。

説得力があって、ぬかりない言い訳を考えるのって、かんたんなことじゃないや

ムーミントロールになってみよう

　新しいところへ行ったときは、一番美しい場所をさがして、そこに腰をおろしてみよう。可能なら、そこに小屋を建てて、友達や恋人を呼んで一緒に暮らす。月明かりは、毎晩観察するように。
　もし誰かが不親切に接してきたら、深刻に受けとめよう。おそらく、その人にひどく間違ったことをしたにちがいない。その埋めあわせやお詫びは、倍返しでしなければならない。ひょっとしたら、あなたよりも先に間違ったことをした人がいたかもしれない。その場合は、その人の分もお詫びをすること。

『しあわせな日々』

いつ、カーテンをつるすの？
ベランダのほうが、重要だよ
そうね。マットを干して、掃除をして
ちがうよ…ここにテントを張って住むんだ
テントに住みたいのなら、どうして家を建てるのよ？
それは、つまり…どっちも良いと思ったんだよ！
Tove Jansson

『家をたてよう』

映画スターや社交界の人々が、バラの咲く南向きの日の当たるバルコニーで、シャンパンを楽しむ…
だから、どうしたの？
夕刊ニュース
ルーレットにシアターを一晩中…
それは、深刻だ…
北欧の春一番の花、キバナノアマナについて、詩を書いているんだ。邪魔しないでくれ！
夕刊ニュース
© BULL'S

『南の島へくりだそう』

『ムーミンパパの灯台守』

次の朝…
パパ、どうして男は勇敢なふりをしなくちゃならないの？
ふりだと？　私たちは本当に勇敢なんだよ
少なくとも、私はいつも言われていることだが…
ママは若い頃、暗闇がこわいと思った？
いいえ、愛しい子。でも、パパのためにそういうふりをしていたわ
なんてこった…
Tove Jansson

ミムラ／ミムラ夫人　MYMMELI (VANHEMPI)

私はいつも楽しんでいるのよ！

ミムラには、ふたつのタイプがある。多くの作品でミムラとだけ呼ばれる、スマートなミムラの娘は、ミムラねえさんとも呼ばれる。そして彼女の母親である、大勢の子どもの群れの世話をする陽気なシングルマザーの、大きくて丸いミムラ。彼女はミムラ夫人とも呼ばれる。毛皮のえりまきがお似合い。

トーベ・ヤンソンが描いた家系図に、彼女たちは、「Mymlan D.Y.」（若いミムラ）と「Mymlan D.Ä.」（年上のミムラ）とだけ記されている。年上のミムラは、ちびのミイとスナフキンの母親でもある。

ここでは後者のミムラについて紹介する。

ミムラたちは、よけいな心配はしない。それは、母親のミムラに関しても言えることである。彼女が初登場する童話『ムーミンパパの思い出』では、笑いながらメリーゴーラウンドに乗りこむ。曲線でできたような丸い体つきで、たくさんの子どもを抱えたまま目じりにしわをよせて微笑む。

> 「怒っているかですって？」ミムラはおどろいて言いました。「私は、今まで誰にも怒ったことなんてないわ（少なくとも、そんなに長い時間は）。そんな時間はありませんからね！　18人、いえ19人の子どもを洗って、ベッドに寝かしつけて、脱がせて、着せて、食べさせて、鼻をかませて、あぁ、なんてたくさんのことをしなくちゃならないのかしら。でもね、若いムーミンさん、私はいつも楽しんでいるのよ！」
>
> 童話『ムーミンパパの思い出』

ミムラ夫人は、しょっちゅう子どもを授かるため、全員いるかどうか数える暇がない。子どもは、17人か18人か19人いて、童話『ムーミンパパの思い出』では34人とも言われている。一番上のミムラの娘が子どもたちの世話を手伝うが、母親のミムラは基本的に自分のことは自分でやるようにと促している。子どもたちは、自分たちでお互いの背中のボタンを留めあい、よそへ行ったときも自分たちで「何とかする」。実際のところそれは、子どもたちがムーミン屋敷じゅうをはしゃぎまわり、ミムラ夫人はリラックスしてお客さん用の寝室のベッドで本を読むという意味である。

ミムラ夫人は、幼子たちの成長を見守ることを心から楽しんでいる。コミックス『家をたてよう』で、ちびのミイがムーミンパパのシルクハットのど真ん中を矢で打ちぬいたとき、ミムラ夫人は、「ミイが上手に狙いをさだめることができるようになった」と喜ぶ。フィリフヨンカが、自分の子どもがミムラの子どもたちの人質になっていると文句を言うと、ミムラ夫人はただ、「奥さんは、お子さんにケンカの仕方を教えたほうが

すべて『家をたてよう』

ムーミントロールとスノークのおじょうさんは、自分たちが建てた家をミムラ夫人にプレゼントする。

子どもたちとメリーゴーラウンドを楽しむミムラ。回転するうちに気持ちが悪くなったロッドユールの体質は、スニフに受けつがれた。『ムーミンパパの思い出』

良いですわ」と答える。

ムーミン一家にとって、ミムラ夫人とその子どもたちの訪問は迷惑なものだが、ミムラ自身はおかまいなしで気にもとめない。彼女は、細かいことは気にしない性格なのだ。

一番小さなちびのミイが、ムーミン屋敷に忘れられて置いてきぼりになっても、ミムラ夫人は「ムーミン一家のみなさんで育ててください、私はそれでなくてもたくさん子どもがいますから」、と言う。

小さなミムラたちの父親が誰かは、ムーミン作品の中ではこれといって紹介されることはない。少なくとも、そのうちのひとりはヨクサルで、他の人がすでにパーティーから帰っていったときも、ヨクサルは「たくさん笑う、幸せそうなミムラから、離れることができなかった」そうである（童話『ムーミンパパの思い出』）。ヨクサルにとって、ミムラは憧れの対象で、「ユニークな女性」。

ミムラたちは、なるべく自然の近くで暮らそうとする。ミムラの娘が「ママ、どこにいるの？」と声をかければ、母親のミムラは大きな葉っぱの下から顔を出す。

夏至の夜に生まれたちびのミイの父親が誰かは明らかになっていないが、その代わりにスナフキンはミムラとヨクサルの子だと告げられる。ちびのミイの遺伝子は、トーベが描いた家系図でも明確にはならない。彼女は、「横にそれた枝分かれ」として記されているだけで、ミムラだけが知っている秘密なのだろう。

ミムラの中でも、最も年老いているキャラクターは、短編童話『ぞっとする話』に登場する、ちびのミイのおばあさん。おばあさんは、「孫のちびのミイが遊び相手を家に連れてくるのは嬉しいが、夜中ではなくて昼間に遊んでくれたらなお嬉しい」と、ホムサの父親に話す。

私たちの世界のミムラ（年上のミムラ）たち

ミムラたちは、親になっても、自分の時間を確保する。わが子が何をしようが、彼女たちは落ちついてコーヒーを飲んでいる。何かあっても他の人が何とかしてくれることが多い。ミムラたちの見解によれば、世界は危ない場所ではないそうだ。世界は、興味深い場所で、もし嫌だと思うことがあれば、別なところへ移れば良い。ミムラや子どもたちにとって、すべての場所は思いっきり遊べる公園。そうして彼らは、カフェや美術館、スーパー、レストラン、図書館を占領する。

ミムラたちは、心から幸せであり、何でもできると信じている。彼女たちの子どもたちも、もちろん同じような考えを持っている。ミムラの人生は、心から楽しめる状況と、生きのびるすべを学びとるための困難な状況の2つから成っている。

ミムラになってみよう

毎日は冒険にあふれている！　朝起きたら、今日は何を一番したいかゆっくり考えられるように、じっくりストレッチをする。子どもたちはどんな場所でも楽しいことを見つけるので、もちろんどこへ行くにも一緒に連れていく。彼らの数が出かけるときと帰ったときに同じであればそれでオーケー。

子どもたちと賑やかなところへ行く。もしそれがひとけのないところでも、あなたたちが行けばすぐ賑やかになるはず。買物のレジの列で子どもたちが騒いだら、ならんでいる他の人たちに微笑んで、「なかなかの聞かん坊でしょう！」と言う。もし子どもたち（またはならんでいる大人たち）がどなったら、彼らの元気の良い声の使い方に惚れぼれすること。

そのうち、周囲にいる人たちが困惑していたり、いらいらしていたりするのに気がつくかもしれない。しかし、それはあなたの問題ではない。生まれつき、この世界で楽しく生きるのがなかなかできない人たちもいるということだ。

注意！　自分の髪を素敵に結う時間を確保しよう。なるべく早い時期から子どもたちに、自分たちの人数を数えることや自分で服を着ることを教えよう。

お互いの背中のボタンを留めあうミムラの子どもたち。『ムーミンパパの思い出』

ミムラのむすめ／ミムラねえさん
Mymmeli(nuorempi), Mymmelin tytär

『ムーミン谷の夏まつり』

楽しむって、
とても簡単な
ことよ

ミムラのむすめ、ミムラねえさん、またはシンプルに「ミムラ」と呼ばれる。いつも満面の笑みを浮かべる母親よりはちょっぴりメランコリックで、たまに落ちこんだりもする。

彼女は童話とコミックスでは少々異なる性格を持っており、同一人物と断言されているわけではない。童話『ムーミンパパの思い出』やコミックス『家をたてよう』では、何よりも真っ先に「姉」である。大勢の妹や弟の世話をする、母親の右腕と言える。絵本『それからどうなるの？』と童話『ムーミン谷の夏まつり』では、世話をするのはちびのミイだけだが、「もし、あなたが育てられないなら、誰にも無理だわ。私でさえ最初からあきらめているもの」と、母親であるミムラ夫人は、ミムラねえさんに言っている。こんな具合で責任を負わされたミムラねえさんは、顔を真っ赤にして妹を叱る。そんなことをしてもミイが言うことを聞くはずがないと、知っていながら。

コミックスには、葉っぱの屋根の小さな小屋に住む、スレンダーで大きな瞳のミムラが登場する。このミムラは、恋に落ちやすく、立ちなおりも早い。彼女はそのときに憧れている男性の写真を1枚木の幹に飾り、気が移ると写真を替える。写真の下で彼女は交互に、ときめいたり、失恋に涙したりする。最も長い間のアイドルはサッカー選手のリナルドだが、ミムラのお相手はほとんどが知られないままとなっている。

ミムラの冬の恋のお相手は、スキーのインストラクターのブリスクさん。ミムラはブリスクさんにふり向いてほしくて、一生懸命スキーの練習をするが、ブリスクさんはさっぱり彼女には興味を示さない。やがてミムラは、スキーの競争でブリスクさんに勝ってしまう。故意ではないのに、英雄の自尊心を傷つけてしまい、そのことがさらにミムラを精神的に追いつめる。

『家をたてよう』

こんなにたくさん
妹や弟がいるなんて、
恥ずかしいわ

ミムラの憧れの対象となるのは、写真を見た限りでは、運動神経の良い、つよい男性。サッカー選手のリナルドの、頭となで肩が一体化している、卵のような体形は、ミムラの好きな男性にありがちな特徴だと言える。リナルドは、一度ミムラに指輪をプレゼントし、ムーミン谷じゅうの女性たちがそれをダイヤの指輪だと思いこむ。まっすぐで、可憐なミムラは、周囲からねたまれることもある。

フィリフヨンカとガフサは、ミムラのことが気に入らない。でもミムラは大して気にしていない。彼女を動揺させるのは男だけ。

スノークのおじょうさんにとって、ミムラはライバルだが、ふたりはお互いのことをよく理解している。両者とも、かみなりが落ちたように一瞬で恋に落ちるし、一緒にブリスクさんのことも追いかけまわす。ミムラとスノークのおじょうさんは、ふたりで力を合わせて、哀れな男性を救ったり自信を取りもどさせたりすることもあるが、それでも男性は彼女たちのもとには留まらない。恋に落ちた彼女たちの元々の目的である愛は、やはり手に入らないままである。

『ミムラのダイヤモンド』

　最も幸せで、精神的に安定しているミムラねえさんは、最後のムーミン童話『ムーミン谷の十一月』の中で見られる。他の登場人物がみんな、落ちこんでいるかヒステリックなのに比べ、ミムラねえさんの心境は異なっている。豪華な家の中でも、誰と一緒にいようとも、ミムラねえさんは気分の良さで輝いている。ためらわずに物事を見つめ、過去を恋しがることもなく、容赦もしない。

> 「こんな水路には、春にしか魚はいないでしょう」ミムラねえさんは言いました。
> 「これは水路なんかではないわい。小川じゃ」スクルッタおじさんは叫びました。「これは、わしの小川じゃ！　魚でいっぱいの小川じゃ」
> 「スクルッタおじさん、聞いてちょうだい」ミムラねえさんは穏やかに言いました。「これは水路でも小川でもないわ。でも、ムーミン一家がそれを水路と呼ぶなら、それは水路だわ。それが川だって気づいているのは、私だけ。どうしてあなたたちは、ありもしないことや起こりもしないことでわめくの？」
> 童話『ムーミン谷の十一月』

『ムーミン谷の十一月』のミムラねえさんは、誰のことも何のことも恋しがっていない。足どりは確かで、すばやい。赤い長靴をはいて、ただ「自分がなんて軽くて細いのかということを感じるため」だけにジャンプして歩く。彼女は、南側の客室を使っていて、そこで黄味をおびた長い赤毛をとかしながら、庭で他の人が口論している様子をおもしろがり、不思議がりながら眺めている。ミムラねえさんは、踊らずにはいられないから踊り、眠たいから眠る。彼女が悪夢を見ることはない。

『やっかいな冬』

『やっかいな冬』

セバスチアンを崇拝するミムラ。クロットユールに味方しているスノークのおじょうさんとムーミントロールは、無理難題に直面する。『イチジク茂みのへっぽこ博士』

ミムラが悲しい恋を早く忘れることができるのは、小さな春の小川のそばだけ。『やっかいな冬』

私たちの世界のミムラ（若いミムラ）たち

みんなミムラだったら良いのに！　ミムラたちは、生まれつき幸せで、あたたかくて明るい場所に生まれた人たち。たとえ生まれた境遇に何らかの事情を抱えているとしても、彼女たちにはいつも太陽の光が降りそそぐことだろう。ミムラたちは、居心地が良いと思う場所へ自分で赴くことができ、他の人はここよりも冴えないところにいるのかしら、などといちいち考えたりはしない。

ミムラたちの人生は、シンプルで苦労がない。軽い足どりで仕事へ趣味へと通う。彼女たちは、明るくて、新しいことを習得するのも早く、信じられないほどいつも健康である。彼女たちには、家事でも、研究でも、アートでも、金融業においても、認めてもらいたいという願望は特になく、この世界を楽しむことができれば十分だと考える。ミムラたちは、無駄にくよくよ嘆いたり、いつまでも同じことで思い悩んだりしないが、例外として稀に、不幸な人間関係に陥る人もいる。それでも、いつもどこからともなく、ミムラには新しい恋の相手が現れるのである。

多くの人がミムラにイライラするのは、ごく自然なこと。どうしていつも、ミムラたちは一番良い椅子を、パソコンを、部屋を、パートナーすら、ゲットするのかしら！　しかし、どうあってもミムラには罪悪感が生まれることはない。思いついたことをすぐ口に出す彼女たちは、まえもって相手の気持ちを考えるようなことはしない。それでも、あまり長い間ミムラたちに腹を立てることはできない。傷つけるつもりで発言したのではないし、言っていることもたいていほとんどが事実だから。そして、ミムラたちはいつもうまく切りぬけるので、誰も心配におよばない。

ミムラねえさんとホムサ・トフト。
『ムーミン谷の十一月』

もし私が
彼だったら、
私のこと、
ものすごく
好きになって
いたと思うわ

ミムラのむすめになってみよう

髪が長いなら、頭のてっぺんでおだんごを結う。髪の長さや量が足りない場合は、背骨に神経を集中させてみる。そして、天に向かってまっすぐはられた糸を想像する。それに支えられるように、軽やかにつよく存在する自分自身を思いえがいてみよう。

ジョギングをしたり、小道や通りを足早に通るときは、目をしっかり開いて、「ここはこんなところなのね」と落ちついて見物し、そのあとはそのまま通りすぎる。ミムラにとって、一歩一歩が身体的な喜びを生み、世界は大きな居間なのである。

キャリアを伸ばすことは忘れ、少なくとも考えないようにする。ひたすら、楽しい気持ちでいること。それに尽きる。

『やっかいな冬』

今日、
またあの人に
会えるんだわ！

はい虫や昆虫たち　MÖNKIÄISET JA ÖTÖKÄT

はい虫たちの夏至のたき火。『ムーミン谷の夏まつり』
右ページの絵は、絵本『それから どうなるの?』より。

幸せそうなはい虫たちや花の咲いた木々でいっぱいの、それはそれは素敵な谷でした。

童話『ムーミン谷の彗星』

はい虫たちは、せわしなく動く、あらゆる小さな生きものたち。少々恥ずかしがりやの脇役。春がくるとぞろぞろと移動する群れが大地を埋めつくし、冬には木の根の間に隠れて、やがてめぐってくる次の春の夢を見る。はい虫たちの踊りによって、ムーミン谷のパーティーは成功をおさめるのだ。花火には歓声をあげて、降りそそぐ星のような花火の雨に鼻先を向けるはい虫たち（童話『たのしいムーミン一家』）。彼らは、たいてい複数で行動する。
「すべてのはい虫がお互いをなぐさめあうとき、あちこちでランプが灯り、ドアには鍵がかけられる」。そんなとき、はい虫のクニット（181ページ「クニット」参照）が、暗いところにひとりぼっちでいるのかと思うとやりきれない。ときどき、はい虫たち自身が、恐怖心を呼びおこすこともある。

　　だんだんと　日が暮れる中　あの毛の生えた　はい虫たちが動きだす
　　目を光らせてもぞもぞと　闇の中　見えるのは　その光る目だけ

絵本『さびしがりやのクニット』

はい虫は、木の陰からのぞきこんでいる目くらいでしか、姿が確認できないことも多い。恐ろしい目をしていると思うか、それともおびえているのは目の持ち主のほうか、それは見る人による。

ムーミン作品よりも前に描かれたトーベ・ヤンソンの絵の中でも、はい虫たちは動きまわっている。空想にまかせて描かれた小さな生きもの、昆虫や、小さなげっ歯類か爬虫類が混ぜあわさったものもいれば、アリやホタルやグローワームなどおなじみの昆虫もいる。すべてに共通する特徴は、名前のとおり、地面をはうところ。

はい虫は、自らが言葉であることもある。飛行おにの帽子に辞書をかぶせると、言葉がたくさんの昆虫となってはい出てきて、ムーミン屋敷の床をはいまわる。コミックス『ムーミン谷への遠い道のり』で、ムーミンたちは箱いっぱいに詰まった「悪い言葉」を、口やかましいおばさんへのジョークだと言って送りつける。

ただの「虫」とフィンランド語訳されることもある、ほとんどのはい虫たちには名前がない。他の小さな生きものたちのように、その存在で絵の世界に動きを与える。最も知られているはい虫は、短編童話『春のしらべ』のティーティ・ウーだ（215ページ「ティーティ・ウー」参照）。

『ムーミン谷への遠い道のり』

モラン　Mörkö

冷たい岩のような生きもので、その存在は孤独や闇そのもの。足は描かれず、モランが動くたびに体のまわりで重くスカートの裾が引きずられる。彼女が歩けば、足元の地面は凍りつき、花は枯れ、木の葉も散る。モランが一度腰をおろした場所の土は死んでしまい、もう何も生えてはこないと言われている。

ムーミン谷の住人たちの背筋を凍らせ、恐怖心を抱かせるモランだが、童話『ムーミンパパ海へいく』では、ムーミン屋敷のベランダに灯るランプの光に引きよせられる。モランの石のような顔と黄色い目を見たみんなは逃げだす。やがてモランはランプの光を追い、はるか遠く灯台の島まで、ムーミン一家についてゆく。自分の足元に広がる氷山に乗って。「まるで罪悪感のように冷たい霧の中」、モランは海を渡るのだ。

庭で動く彼女は、「孤独で巨大な灰色の影」とたとえられる。モランは少しずつ変化していく。童話『たのしいムーミン一家』では、モランは完全に悪者で、からかうような声で短く言葉を発する。一方で、彼女の外見の恐ろしさについては、文の中で控えめに書かれている。

> モランは動かずに階段の前の砂の小道に腰かけていて、感情のない丸い瞳で彼らを見ていました。これといって大きいわけでもなく、それほど危険な者にも見えませんでした。ただ、彼女はひどくいじわるで、どれだけ時がたとうがそこでただじっと待っているだろう、ということを誰もが悟ったのでした。
>
> 童話『たのしいムーミン一家』

『たのしいムーミン一家』

童話『ムーミンパパの思い出』では、モランの狩りの歌がこだまする。それは、ぼやき、声高に吠え、遠のき、近づく。モランの犠牲になった者は、「悲惨なことに、死に至る」と言われている。

絵本『さびしがりやのクニット』では、モランの声がクニットを、彼女の石と岩だけでできている住みかに導く。モランの背筋の凍るような存在感は、地上のみならず、天にまで影響を及ぼす。

> 辺りは急に静かになり、真っ黒になりました。
> モランはまるで山のような姿でじっと見つめています。

凍りついた地面は、恐怖でいっぱいになり、
月でさえ、色が落ちてしまいそう。

『ムーミンパパ海へいく』

モランの名は、ムーミン谷の住人の話題にものぼることがある。「あの人は、モランに食べられちゃったんだわ！」と言って、ちびのミイは、スナフキンを恋しがるムーミントロールをからかう。その一方で、ミイから「モランの話をしてやつらをこわがらせてやれ！」という助言を得るのは、24人の子どもたちに言うことを聞かせようとするスナフキン。モランの名前には、威力がある。スウェーデン語のförmårrad（モランみたいな）という言葉は、今日はモランみたいな天気だね、というふうに用いられたりする。「まさか、モランじゃあるまいし」や「モランに連れていかれてしまえ」など、文章にもモランという言葉をひとつ加えるだけで、迫力が増す。

一方、モランはとてもこわい存在なので、ムーミンママは、「モランに話しかけてはいけないし、モランについて話してもいけない。そんなことをしたらモランは大きく育ち、あとをついてくるようになる」と言い、みんなもそう考えている。モランをかわいそうに思うことも、それと同じ結末を引きおこす。一番良いのは、話題を他に変えること。

モランはムーミンの世界の怪物的存在で、ムーミンたちの誰よりも、存在そのものがトロールらしいと言える。ニョロニョロのように、モランも他の人には理解されることのない人生を歩んでいる。ニョロニョロと異なるのは、モランは群れを成さず、ひとりぼっちの巨人であるところ。

童話『ムーミンパパ海へいく』で、モランの人物像はさらに明らかになる。ムーミンママは、今まで誰もモランのことを気にかけてあげたことがなかったのではと想像する。モラン自身は、自分の運命を隠すこともない。なぜなら、彼女はただ、「雨や闇のようであり、前進するために転がらなければならない石のよう」だからである。

それでもムーミントロールは、他の人には秘密でモランと海辺で会うようになる。ムーミントロールが持ってきたカンテラを長い間眺めたあと、モランは足を引きずりながら去っていく。一度は、重い体を揺らして踊ったこともある。物語の終わりに、モランは明かりに対する関心が薄れ、ムーミントロールに会うだけで満足していることがわかる。作者トーベ・ヤンソンは自身の言葉で「モランをあたためた」とコメントしている。モランは誰かを傷つけるようなことはしない。

ムーミントロールの立場からすると、モランは、物語が終わりに近づくにつれ、「危

険というよりはうっとうしい」存在になっていく。もし、ムーミントロールがカンテラをモランのところへ持っていかないと、モランは「霧笛のように叫ぶ」から。

童話の中では、モラン自身の視点で書かれている部分もあり、モランは外側から客観的に描写されているだけではないことがわかる。次のシーンで、彼女がカンテラを見られたのは、ほんの少しのあいだだけ。

> 静かなベランダが一瞬で、叫び声とバタバタと羽ばたくような動きでいっぱいになりました。椅子は倒れ、明かりは他へ持っていかれて、部屋は急に真っ暗になりました。みんなは、家の中のどこか安心できるところの中心に避難しました。カンテラを持ったまま、隠れてしまったのです。　童話『ムーミンパパ海へいく』

読者からのファンレターには、モランについて書かれたものも多い。読者たちはトーベに、モランが悪ならそう説明するか、あるいはなんとかしてモランが幸せになることを求めていたのである。中には、次の作品でモランに友達ができるように頼んだ読者もいるが、トーベは丁重にこのような提案を断っている。返事の手紙の中で彼女は、あたたかくなったモランはそれでなくても「文字通り使いものにならなくなった」と言っている。

モランは、童話『ムーミンパパ海へいく』以降、登場していない。12年後、絵本『ムーミン谷へのふしぎな旅』の中で一瞬姿を見せるが、吹雪の舞台背景の一部として立っているだけである。

モランは、ムーミンママの対照的な存在として位置づけられ、ムーミン世界の夜の部分として理解されている。モランの明確な定義はなく、トーベもこの登場人物の背景をあえて明らかにしたがらなかった。最も おぞましいものと、最も美しいものは、読者の

もしもモランに子どもがいたら?

誰がモランをなぐさめるの?(『さびしがりやのクニット』の原題『だれがクニットをなぐさめるの?』をもじっている)と、読者たちはたずねるが、作者はモランの運命を変えようとはしない。ある読者への返事の手紙の中で、トーベはモランがたくさんの子孫を残すという設定を考えていると打ちあけている。トーベは、モラン氏という名の男性のモランも存在すると証言している。女性モランと男性モランは出会い、互いにあたためあう。後に、小さなモランの子どもたち、モリテル(moriter)が生まれる。子どもたちは、両親とはちがい、あたたかい。出版された物語には、モランの子どもたちが登場することはなく、それは手紙の中でのみ展開された彼女の空想遊びだったと思われる。

『ムーミン谷の冬』

想像の力を借りることで完成させたほうが良い。ある程度までに描写をとどめ、そこから先は読者の想像にまかせるべきシーンが存在する——。作者としてトーベは、そう考えていたのだ。

性別によって分けられる三人称のないフィンランド語の読者にとって、モランがスウェーデン語でhon（彼女）、つまり女性であることは衝撃の事実だろう。ファンタジーの登場人物、なかでも怪物の場合は、フィンランド語では特に性別があるものとして考えられず、これはムーミンの世界の数々の人物像の多様性を考えればちょうど良いと言える。モランの名前のもとになったmårraという単語は、トーベと舞台監督ヴィヴィカ・バンドレルの考えた、同性愛に対する世間の嫌悪感情（ふたりが苦しめられた差別や攻撃）を表した造語でもある。だからこそ、小さくてひよわなキャラクター、トフスランとビフスランやクニットたちが、せめて物語の中でモランに打ち勝つことが、作者自身にとって重要だったのである。

私たちの世界のモランたち

私たちの世界のモランたちは、私たち自身の内側に潜んでいるもの。あるいは、くるぶしの関節辺りにいるのかもしれない。なぜなら、暗い考えや思い出は、重たくぶらさがり、引きずって歩かなくてはならないから。誰もが大なり小なり内に秘めているこの内なるモランは、さまざまな理由から、成長し、増殖していく。もしかしたら、自分のことを誰かに聞いてもらえなかったのかもしれないし、見てもらえなかったのかもしれないし、理解してもらえなかったのかもしれない。不当な扱いを受けたのか、ひとりぼっちで取り残されたのか、または干渉されてひとりにさせてもらえなかったのか……。モランは、暗闇で最も元気で、特に早朝の4時は調子が良い。

最も明確なモランタイプの人は、闇と光の狭間で生きる。ランプが灯されなければ、モランは寄ってこない。夜は、白夜が終わる8月までが安全な時期。そのあと3月までは明かりが必需品となる暗くて長い危険な時期だ。

物語の登場人物として、モランの存在はとても重要。恐怖と暗闇のようなものが存在するということは、スリルを与えてくれる。こわさとおもしろさの紙一重の差というのは、どの年代の人にとってもとても心躍るもので、どっきりすることもある程度までなら楽しい。トーベは幼少時代、ときどき本気で恐ろしくなってしまうようなこわい話を近所の子どもたちに聞かせて、こわがらせていたと言っている。彼女は、こわいシーンに釣り糸をつけ、ときに巻きもどしたりしながら、また好きな位置に当てはめるという作業をくり返した。最もおぞましいと思う空想は、絵に描くか、文章に書くかして、紙の上にとどめておいた、とも話している。紙面に閉じこめてしまえば、頭の中で暴走して彼女に飛びかかってくることもないのである。

モランになってみよう

とはいえ、お勧めはしない。安全な状況でなら、次の身体的な方法を試してみることもできる。しかし、試しても良いのは、その直後に信頼している人や好きな人に会えるときに限る。ランチ、パーティー、バドミントンや卓球の練習など、社交的な自分になれるような予定をまえもって立てておくこと。

自分の中のすべてが、石のように重くなったところを想像してみる。指、ひざ、耳たぶ。のどからかすれた音が出るようにして、ゆっくりと呼吸する。なるべく足を動かさずに、上半身を固定したまま、ゆっくりと前に進む。顔は完全な無表情を維持する。ランプの光の輪に近寄り（ランプは事前に準備)、すばやくその内側に飛びこむ。ランプの最も明るい部分を3秒見つめる。方向を変えて反対側を向き、来たときと同じように引きずるような足どりでその場を去る。この方法を試した直後に、対極的な人物、はなうまかムーミン、またはミムラになる方法を実行すること。モランモードになったままにならないようにするために、それは必要不可欠である。

モランになることよりも、さらにむずかしいのは、モランから「逃れる」こと。特に、どこへ行ってもモランがついてくるような気がする場合は、とても深刻。

その場合は、ムーミン（彼らに特徴的な性格を参照）や若いほうのミムラなど、幸せなキャラクターへのなり方を何度もおさらいし、取り入れてみる。そして、何度もくり返し、なり方を読んでおさらいする。一度でモランをふりきれる人のほうが珍しい。いつも、どこからか新しいモランが現れたり、古いモランがいつのまにか大きくなっていたりすることがあるだろう。それでも、気を落とさないように。ときには、おどろくほど小さな行動が十分に効果的な場合もある。たとえば、絵本『さびしがりやのクニット』では、モランのしっぽにちょっと噛みつくだけで、「面食らったモランは、あっというまに逃げさっていく」のである。

『ムーミンパパ海へいく』

ネアンデルタール人　NEANDERTALILAISET

「世界をもっと良くしよう」という運動がムーミン谷で盛んになる中、ムーミンたちは現実の社会問題に無関心で、自分たちのことしか考えていないと誤解されてしまう（コミックス『ムーミントロールとネアンデルタール人』）。

地球規模の問題を解決して、グローバルな人間としての責任を果たすために、スノークのおじょうさんは、奴隷制度をなくすことを決心する。ムーミン谷付近ではとうの昔に奴隷制度がなくなっていたので、ムーミンたちは奴隷を生みだした背景に迫るために、穴居人の時代にタイムスリップする。しかし、奴隷たちに反乱を促したところ、ネアンデルタール人たちに捕らえられ、ムーミンたちも奴隷になってしまう。地道に塩を集めて働きながら、ムーミンパパは塩の収集を効率的にするためにロープや車輪を発明する。ところが使い方がわからないネアンデルタール人たちは、少しも役に立たせることができない。ついに、奴隷たちは反乱を起こすが、結局は奴隷と主人の立場が交代しただけだった。

『ムーミントロールとネアンデルタール人』

スノーク　Niisku

きみの視点には、感情が入りまじっている

スノークは、スノークのおじょうさんの兄。名前は、原作のスウェーデン語名の「Snork（スノーク）」からきている。真面目な彼は、世界の終わりがやってきても、会議の議定書を信じ、感情やダンスなんて無駄なものだと思っている。童話『たのしいムーミン一家』で、ひとつだけ願いを叶えてもらえるとき、スノークは物事が正しいか間違っているか、良いか悪いかを判断することができる機械が欲しいと言う。

スノークの性格は、妹ともムーミンたちとも大きく異なり、むしろ対照的だと言える。彼は、おんどりが鳴く明け方に起床し、ムーミン屋敷にボートこぎマシンがないと知るとショックを受ける。スノークが興味を持っているのは、発明と魚釣り。雨水を流すために入り組んだ溝を掘り、巨大魚を追い、ヘムレンさんのスカートで気球を作る。トフスランとビフスランの引きずるスーツケースが誰のものだかわからなければ、裁判を起こす。自分の頭には、裁判官のかつらをかぶる。

スノークは、ムーミンと似た姿をしているが、普段の肌の色は紫色をおびている。原作では、童話『ムーミン谷の彗星』と『たのしいムーミン一家』、コミックス『スノークのおじょうさんの社交界デビュー』にのみ登場する。コミックスのスノークは、童話よりも年上だ。

童話では、彼はムーミントロールと仲良くやっているが、コミックスではそうとは言えない。そっくりな外見に、お互い困惑することも。スノークは最初にムーミントロールと間違えられ、次にムーミントロールが幽体離脱したものだと誤解される。ムーミントロールとスノークのおじょうさんの親密さを知ると、スノークは妹の貞潔を守る戦士となる。彼は、ふたりをジャムの地下室まで追跡し、寝るときは誰が妹のとなりになる

スノークの親類

スノークのスウェーデン語名Snork（いばりや、自慢したがり）は、雑誌「ガルム」に登場したムーミンたちの原形のことも指している（102ページ「ムーミン族」参照）。ちなみに、フィンランド語名になっているNiiskuは、「鼻をすする」という意味。

『スノークのおじょうさんの社交界デビュー』

かを見張る（スノークのおじょうさんは、童話では兄と同じ部屋に、コミックスではムーミントロールと同じ部屋に住んでいる）。

スノークは妹に、教養を与えたり、朝の運動をさせたり、規則正しい生活を教えたりしている。

「妹よ、ベッドで本を読んでいるのかい？しかも、刑事ものを？」
「ごめんなさい、愛するスノーク…」
「夜は眠るためにあり、昼は知識を蓄えるためにあるのだ。もし本を読まなければならないのなら、『永遠なる思考』を読みたまえ」
「悪いクセを直すって約束するわ（きっといつまでたっても、誰が郵便屋さんを殺したのかわからないままなんだわ…）」

コミックス『スノークのおじょうさんの社交界デビュー』

スーツケースをめぐる件で、かつらをかぶって裁判官になったスノーク。被告人の席に座るのは、トフスランとビフスラン。『たのしいムーミン一家』

コミックスのスノークは、社交界にふさわしいとはとても言えないムーミンたちの生活を批判する。妹を、ムーミントロールにではなく、大金持ちに託したいと考えている。そこで、船で通りすぎる大富豪バルンキアンに気づいてもらおうと、力を尽くす。「スポットライトを妹に当てるんだ」と彼は夜中の浜辺で叫ぶが、結局は自分が船に乗りこむことになる（12ページ「バルンキアン」参照）。バルンキアンは、妹やシャンパンよりも、スノークのマネージメント能力に興味を示す。

ガーデンパーティーは、スノークのおじょうさんの社交界への道、と信じるスノーク。パーティーは、おなじみの重さ当てクイズがなければはじまらない。『スノークのおじょうさんの社交界デビュー』

スノークのおじょうさん　NIISKUNEITI

自分を助けてくれたお礼に、ムーミントロールへメダルをプレゼントするスノークのおじょうさん。メダルは売店のおばあさん（21ページ参照）が、クリスマスツリーの星のオーナメントを融通してくれたもの。『ムーミン谷の彗星』

「誰が一番美しいかなんて、ぼくには言うまでもないさ！」

コミックス『ひとりぼっちのムーミン』で、美人コンテストの参加者の列にならぶスノークのおじょうさんを見て、ムーミントロールは叫ぶ。彼女は、童話の中でも、ひと目でムーミントロールの心を魅了する。

出会いはいつも、助けを求めて叫ぶスノークのおじょうさんを、ムーミントロールが救うところから。童話では食虫植物のアンゴスツーラの木が、コミックスの中ではカニが、スノークのおじょうさんのしっぽに食らいつく。

スノークのおじょうさんと彼女の兄のスノークが属する、スノークという生きものは、ムーミンの親戚で、童話『ムーミン谷の彗星』で初めて登場する。スナフキンから彼らの話を聞いたとき、ムーミントロールは肌の色のちがいから「親類なもんか」と先入観を持つ。スノークたちは心境に合わせて体の色を変えるが、ムーミントロールたちはいつも白い。こわがっているとき、スノークのおじょうさんは紫色に変わり、恋に落ちたときは濃いピンク色に、悲しいときは灰色になる。色は、童話『ムーミン谷の彗星』の異なる版によっても変化している。喜びは、スノークのおじょうさんを黄色に染め（このとき、彼女はムーミントロールから紫色の花を欲しがる）、不安は緑色に染める（このときは黄色の花が似合う）。童話『ムーミン谷の彗星』の初版で、スノークのおじょうさんの肌は、薄緑色を基本としている。

スノークのおじょうさんの性格は、アイデア豊富で、虚栄心がつよく、心やさしくて、冒険好き。きれいなアクセサリーや花によわい。衣服を着ることは稀で、ビキニやワンピースを何度かまとったことがあるくらい。

『ひとりぼっちのムーミン』

ムーミントロールのやきもちに反論する。『ムーミン谷のきままな暮らし』

スノークのおじょうさんのビーチでの着こなし。『南の島へくりだそう』

夜中の水面に浮かぶスノークのおじょうさん。自ら、救ってもらう役を演じることで、ムーミントロールを暗闇恐怖症やおばけ恐怖症から救いだそうとする。『ムーミンパパの灯台守』

ちょっとしたメイクは、いつもムーミントロールには効果があったわ
© BULL'S

『ムーミントロールとボーイスカウト』

足首には、いつも金の足輪をつけていて、金色の前髪とともに彼女のトレードマークとなっている。まつげは長く、必要があればマスカラをぬり、カールさせる。スノークのおじょうさんのドレッサーにはいつも、まつげのカーラーの他にも、おしろいのパフ、香水のビン、ハンドミラーやヘアアイロンが置いてある。口紅は、いつも2度ぬり直さなければならない。顔のどこにぬれば良いかわかりにくいのは、スノークにはムーミン同様に、口の線が描かれていないからである。

スノークのおじょうさんとムーミントロールの恋は、複数のムーミン作品の中で、燃えあがり、試練にも直面する。童話の中ではスノークのおじょうさんはまだ子どもだが、コミックスでは10代か、もっと年上にも受けとれる。ふたりのすべてがはじまる、救出のシチュエーションは、さまざまな作品の中でバリエーションを変えてくり返されている。さらに、ムーミントロールがスノークのおじょうさんをさらうという、ごっこ遊びが加わる。スノークのおじょうさんとムーミントロールは、さらわれたり助けだされたりする、この「ごっこ遊び」から、多くのことを得る。マンネリを解消して、ふたりの長い関係に再び刺激を与え、自分と相手の気持ちを再確認することができるのだ。恐怖心をぬぐい去りたいときにも、ごっこ遊びは効果がある。たとえば、童話『ムーミン谷の夏まつり』で、スノークのおじょうさんとムーミントロールが目覚めると、他の家族は見当たらず、どこかへ流れていってしまっていたとき。

私を助けて!

「あなたが私をさらったことにしましょう」スノークのおじょうさんはささやきました。
「そうだよ。ぼくがさらったんだ」ムーミントロールは、やさしく答えました。
「きみは大声で叫んでいたのに、ぼくはただ、さらってきたんだ」

童話『ムーミン谷の夏まつり』

スノークのおじょうさんは、ムーミントロールの助けを求めて、氷山の上で、雪崩の中で、大波にのまれながら、甲高い声で叫ぶ。一方ムーミントロールは、毎回期待どおりの典型的なヒーローにはなりきれず、スノークのおじょうさんを怒らせる。その一方で彼女は、ムーミントロールが毎回一生懸命助けようとしていて、叫べばいつも必ずかけつけてくれるのを知っている。救出のあと、ふたりは決まって、勲章のメダルやアクセサリーやお礼の言葉で、お互いを称える。ときには、スノークのおじょうさんが、ムーミントロールを救うこともある。

コミックスでは、スノークのおじょうさんはムーミントロールから距離を置こうともしている。彼女は、複数の男性と短い交際を楽しみ、ロココの時代の田園風景や革命の中を主人公として冒険する。しかし、結局いつも彼女は、さらうのも救出するのも一番上手なムーミントロールのもとへ帰ってくる。

よくあるストーリーのパターンは、スノークのおじょうさんもムーミントロールもそれぞれ、さまざまな相手に恋をしては、お互いにやきもちを焼きつつ様子を見るというもの。こういうシチュエーションの場合、スノークのおじょうさんには、まつげのカーラーが欠かせない。

衝動的なスノークのおじょうさんは、新しいことにもどんどん挑戦する。彼女が最も影響を受けやすいのは、何かの真実を宣言したり、他人とは異なった生き方をしている男性。新しい考えがひらめくのも、パートナーを替えるのも、ムーミン屋敷の住人の中で一番早い。秘書の仕事を始め、思いきってビキニを試し、孤児の育て親を引きうける。精神科医だろうと、事務職員だろうと、スキーのインストラクターだろうと、詩人だろうと、恋に落ちれば相手の生き方を受けいれ、その価値観を広めようとする。

他人を説得することにかけては、スノークのおじょうさんの右に出る者はいない。そのことは、ムーミンパパも知っていて、地中海沿岸の春を恋しがる彼は、スノークのおじょうさんとふたりで一家を説得する（コミックス『南の島へくりだそう』）。

同情の気持ちと同じくらい、やる気にも火がつくのが早いスノークのおじょうさん。彼女は、ミムラの恋愛相談に乗り、親類関係が複雑化するフィリフヨンカを勇気づけたりもする。ミーサでさえも、彼女のお詫びの行為を受けいれる。

人生の喜びの使者としても、スノークのおじょうさんは活躍する。フィリフヨンカは、彼女と一緒にこれまでで最も楽しい夏至を過ごす。ふたりは一緒に花を摘み、禁止の立てふだが燃えて灰になっていく横でダンスを踊る（童話『ムーミン谷の夏まつり』）。

ものすごいスピードで彗星がムーミン谷に落ちてくるような状況でも、スノークのおじょうさんは、みんなをダンスに誘う。「でも、踊るつもりがあるなら、今踊るしかないわ――世界の終わりがくるのは2日後でしょう」と、童話『ムーミン谷の彗星』で彼女は宣言する。

『おかしなお客さん』

コミックス『おかしなお客さん』では、フィリフヨンカのおせっかいなひと言のせいで、自分の体重を気にするようになる。スノークのおじょうさんは、スノークらしい体形をしているだけなのである。しかし、彼女の自信は、ちょっとやそっとで揺らぐことはない。秘書の仕事をしているときも、タイピングができないにもかかわらず、自分は優秀だと思いこむ。丸太のような足を美的に動かし、ムーミントロール以外の男性をもとりこにする。どこで彗星の衝突をしのぐのが一番良いか、どうやって巨大な魚マメルクを釣りざおも釣り糸もなしにつかまえるか、彼女は解決

スノークのおじょうさん、婚約ごっこのせいで、
ぼくはおりに入れられたような気分なんだ
54
CC
男は、鎖でつなぐもんじゃない。
自由に動けなくちゃならないんだ
© BULL'S
自由に動いてらっしゃい。
私が髪を洗っているあいだはね

『しあわせな日々』

ねぇ、シュリュンケル博士には
会った？　素敵だと思わない!?
あぁ、なんて
魅力的なのかしら…
彼は
狂人だよ！
© BULL'S
そうよね。私のセバスチアンもいいけど、
でもシュリュンケル博士は…
そう、
シュリュン
ケル博士…

『イチジク茂みの
へっぽこ博士』

ふたりのロマンチックな仲直り。『恋するムーミン』

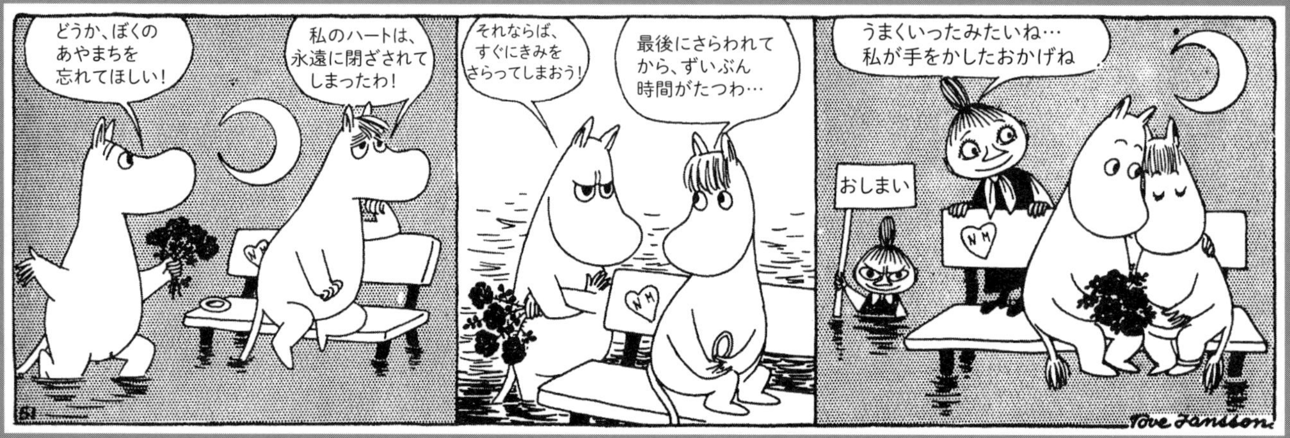
どうか、ぼくの
あやまちを
忘れてほしい！
私のハートは、
永遠に閉ざされて
しまったわ！
それならば、
すぐにきみを
さらってしまおう！
最後にさらわれて
から、ずいぶん
時間がたつわ…
うまくいったみたいね…
私が手をかしたおかげね
おしまい
Tove Jansson

策を見つける。あるアメリカ人の評論家は、スノークのおじょうさんを「かわいい、ナルシスト、愚か」という言葉で描写しているが、それは認識不足というものだ。

私たちの世界のスノークのおじょうさんたち

おしゃれできれいなのに、ちょっと笑いを誘う人が近所に住んでいないだろうか？まだ早春だというのに、高いヒールのサンダルをはいて、大雨の中を小走りで近所のスーパーに向かう人がいないだろうか？　靴下やブーツに隠れてしまうにもかかわらず、真冬に、きちんとペディキュアをしている人は？

スノークのおじょうさんタイプには、みんなが注目する。彼女たちの髪はついさっきブローしたばかりのように整っていて、服装もアクセサリーにいたるまでが完璧なコーディネート。もし、スーパーでスノークのおじょうさんに偶然会ったら、冷蔵食品の青白いライトの下でも、彼女の笑顔はあたたかく、夏を感じさせる。

ドジを踏んだスノークのおじょうさんは、抵抗できないくらいかわいらしい。歩きにくい靴で足をすべらせたとき、彼女の赤くなった顔は普段よりもさらに魅力的である。彼女は、人の気持ちがわかる人でもあり、あなたが転んだ場合は、彼女が最初に手を差しのべてくれるだろう。スノークのおじょうさんの心配は本物で、安心させてくれるもの。見てみぬふりをして向けられた背中とは、大ちがいである。

スノークのおじょうさんは、周囲に嫉妬の気持ちを湧きおこさせ、多くの人が彼女をライバル視する。彼女は美容に、おどろくほどたくさんの時間をかけるが、髪をとかすことや化粧をすること自体を心から楽しんでいる。自分に磨きをかけて、自分はきれいだと感じることで、彼女はとてもリラックスできる。

スノークのおじょうさんが、自分の魅力を試すことに飽きることはない。しかし、おしゃれに力が入りすぎて、大失敗を起こしてしまうこともある。

もちろん、清楚で落ちついた（退屈な）服装のほうが、彼女の今後のキャリアを考え

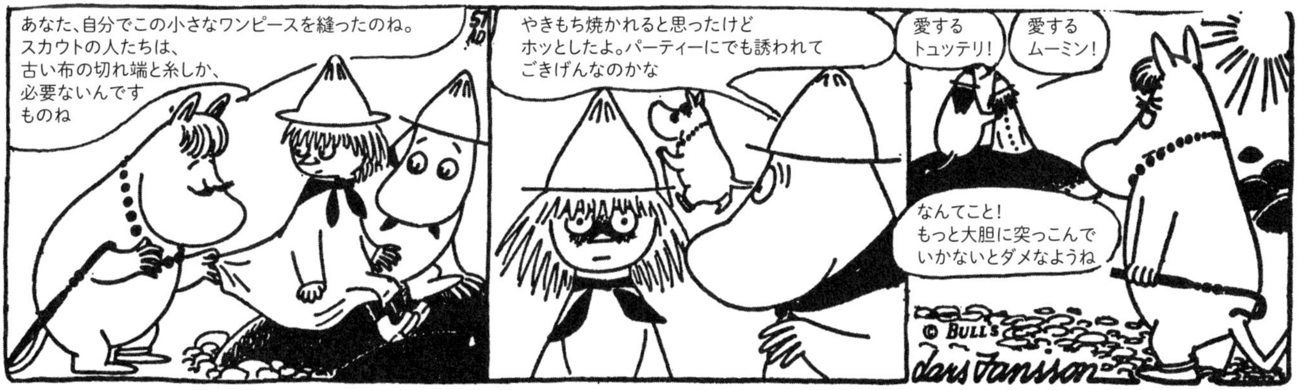

ガールスカウトのトュッテリ（224ページ）とムーミントロールの仲をじゃまするスノークのおじょうさん。『ムーミントロールとボーイスカウト』

た場合有利かもしれない。しかし、真のスノークのおじょうさんらしさを持つ人なら、そんなことのために、自分のアイデンティティーを犠牲にするようなことはしないのである。

友達や恋のお相手にはこれ以上ないくらい忠実で、困難が起きたときは、ねばりづよくともに立ちむかう戦士となる。スノークのおじょうさんは本当に信頼できる相手だが、彼女の信頼を裏切るような真似はしないほうが良い。万が一、そのような事態になってしまった場合は、ロマンチックな仲直りを企画するより他に残された道はない。コミックス『恋するムーミン』で、ミムラがムーミントロールに助言したように。

スノークのおじょうさんになってみよう

ムーミンやスノークたちの体形は同じなので、それに関しては「ムーミンになってみよう」を参照（109ページ）。

少なくともフリータイムの半分の時間は、美容のケアのために費やすこと。残った時間（数分でも）は、その効果を試すことにも使える。化粧品は、お店、または自然の中から調達する。前者の場合は、自分の財産を投資すること。後者の場合は、それ以上に自分の時間を投資する必要がある。お金も時間もない場合は、本当にスノークのおじょうさんになってみるべきかどうか、再度検討の必要あり。

短い羽毛のような毛では、スノークのおじょうさんの体毛には足らず、もっと立派なものを購入するか、自分で縫わなければならない。再び、お金か時間か、選択を迫られることになる（お金にしろ時間にしろ、スキンケアやヘアケアのためにも、残しておくのを忘れないこと！）。中古品ショップやリサイクルショップは、現代のスノークのおじょうさんに、これ以上ないくらいの可能性を与えてくれる。

彗星探検のあと、ムーミントロールはムーミンママにスノークのおじょうさんを紹介する。『ムーミン谷の彗星』初期の版。現在の版では、しっぽにリボンはついていない。

外見の中でも特に、前髪とアクセサリー、そしてまつげに気を使うこと。立派な前髪を伸ばして、サラサラにとかし、内側に軽くカールさせる。アクセサリーは、特に真珠のものをたくさん集め、体のあちこちにぶらさげる。もしまつげを好みの色に染めたり、うまくカールできない場合は、つけまつげを購入する。

魅力的なまばたきの仕方も練習しよう。ゆっくりと目を閉じたり開いたりし、これを歩きながらもできるようにする。目を伏せたまま、話す練習をする。そうすれば、あなたやあなたのまつげに気づかない人はいないはず。

スノークのおじょうさんのボーイフレンドたち（一部）

スノークのおじょうさんは、ミムラを加えても、ムーミン世界のキャラクターの誰よりも、頻繁に恋をし、恋に落ちるスピードも早い。それはミムラ以上である。スノークのおじょうさんの男性の好みは、ボディービルダーから、ひょろひょろの詩人まで珍しいほどバラエティーに富んでいる。お相手の年齢は、400歳に及ぶこともある。

ムーミンたちとのタイムトラベル中、スノークのおじょうさんは、古き良き時代のおつきあいのルールを把握できていない。プロポーズしたのは、アルベルトという名の大金持ち。『ムーミンママのノスタルジー』

貴族の男性がトラブルに巻きこまれたとき、スノークのおじょうさんの守護本能が目覚める。『あこがれの遠い土地』

スノークのおじょうさんが南の国で出会ったクラークは、喜劇の英雄で、顔が利く男。『南の島へくりだそう』

ムーミントロールが花火で撃った海賊を介抱するスノークのおじょうさん。『おさびし島のご先祖さま』

事務職員ねずみ。『ムーミン谷のきままな暮らし』

革命芸術家とスノークのおじょうさんは、お互いに共鳴しあう。『あこがれの遠い土地』

ロドルフォの肉体は、スノークのおじょうさんを魅了する。
『スニフと海の家』

スノークのおじょうさんにインスパイアされる画家のラファエル後派。『ムーミントロールと芸術』

白熱する、スノークのおじょうさんと子どもたちとの水鉄砲戦争。そこを、ひと目ぼれの相手のルーナリに目撃される。呼吸を整えているのは、子どものナリナとキティナ。『ムーミントロールと孤児たち』

スノークのおじょうさんは、喜んでシュリュンケル博士の患者になるが、この精神科医がシンボルについてばかり熱心に力説するので、イライラしている。『イチジク茂みのへっぽこ博士』

フライング・ダッチマン船長を呪いから解き放ち、安らかに眠ってもらうために、スノークのおじょうさんは愛の告白をしなければならなくなる。『ムーミントロールと幽霊船』

騎士メットレガッドが、スノークのおじょうさんをめぐって勝負する。足元に倒れているのは、騎士マラドロイト。『騎士ムーミン』

『スニフ、心をいれかえる』の名もなき求愛者。

詩人ワルッシュも、スノークのおじょうさんからインスピレーションをもらおうとする。スノークのおじょうさんのはしかの斑点は、彼女が自分で描いたもの。『ムーミントロールとジェーンおばさん』

名もなき隣人たちや通りすがりの者たち

NIMETTÖMÄT NAAPURIT JA SATUNNAISET OHIKULKIJAT

とあるムーミン世界の住人。推理小説を読みすぎたクラースに、犯人だと思い込まれる。『署長さんの甥っ子』

　ムーミンたちの知り合いの一部は、名乗ることもなく、行動をともにしている。たとえば、パチンコ協会や洋裁協会の会員たち、動物保護協会の毛皮の襟巻きをした奥さまたち。その多くは、ムーミン一家の近所に住んでいると思われる。彼らは、ときどきムーミンたちが何をしはじめるのかうかがったり、助言を与えたり、デモ行進をしたり、スニフの思惑にまんまと引っかかったりしている。

　特にコミックスでは、通りすがりの通行人たちが次々と登場する。彼らは、自分の知っている情報や持っている意見を、ムーミンたちに押しつけては、ムーミンたちのその後に影響を及ぼしていく。なかには、何話にもわたって登場する者もいる。

　隣人や通行人たちの容姿はとても個性的で、人によってさまざまな姿をしている。鼻の形ひとつとっても、ラッパのような形をしている者もいれば、フィリフヨンカのように細長かったり、ヘムルのように幅広かったり。体の大きさも、背の高い角の生えた生きものから小人まで、バリエーションに富んでいる。

動物保護協会の会員は、ムーミントロールに、ミミズをエサに釣りをするのを、のちには釣り自体をやめるように要求する。『サーカスがやってきた』

スティンキーが仲間入りすることになり、ムーミントロールのお客の団体はぎょっとする。『ひとりぼっちのムーミン』

冬のたき火のお祭りで激しく踊る者たちのことを、ムーミントロールは知らないまま。『ムーミン谷の冬』（右ページ）

『ムーミンママの小さなひみつ』で、洋裁協会の会員が盗品と知らずにバザーの相談をはじめる。

スニフとムーミントロールは、隣人たちの支持を取りあう。『スナフキンの鉄道』

ムーミントロールは、森で良き理解者に出会う。自分は大きな冒険のために生まれてきたのだと話す、小さなラッパ鼻の生きもの。『ロビンソン・ムーミン』

ニンニ　NINNI

ニンニは、不幸な育てられ方をして、姿が見えなくなってしまった女の子。心の冷たい嫌味なおばさんと一緒に暮らしていたためである。

「嫌味ってどういう意味？」ムーミントロールは、たずねました。
「じゃあ、思いうかべてごらん。自分がぬるぬるのキノコか何かですべって、洗ったばかりのキノコの山の上にしりもちをついたとする」おしゃまさんが言いました。「そうしたら、お母さんは怒るのがふつうでしょう？　でも、この場合はちがうのよ。怒る代わりに、冷たく、威圧的な感じでこう言うの。『今のはあなた、踊ったつもりだっていうのはわかるけど、食べ物の上で踊らないでくれたらありがたいね』だいたい、嫌味っていうのはこんな感じね」　短編童話『目に見えない子』

ムーミン一家と暮らすうちに、ニンニは少しずつまた姿が見えるようになる。最初に2本の細い足が見えるようになり、ムーミンママがニンニにバラ色のワンピースを縫ってあげると、首まで姿が見えるようになった。頭の上でリボンが浮かんでいて、首元では鈴が鳴っている。まだ透明なままなのは顔だけ。

ニンニは、高い声でしゃべり、誘いを断れないので、無理して遊ぼうとする。彼女自身には遊びたいという気持ちがない、と気づいたムーミントロールは、ニンニをそっとしておく。怒ることでしか顔が見えるようにはならないのよ、とちびのミイは断言する。ムーミンママは、おばあさんが残してくれた家庭医療の知恵に頼る。ムーミンたちはやさしさで、ちびのミイは苛立たせることで、彼女の姿が見えるようになるよう努力する。

ある日、海べでムーミンママを守るために、ムーミンパパに襲いかかったニンニは、ついに完全に姿を現す。彼女の小さな顔が怒りに満ちてパパを威嚇していたが、パパは、遊びのつもりでママを海に投げいれようとしただけだったのである。

海につき落とされたムーミンパパの不幸は、ニンニから笑い声も引きだす。この子はちびのミイよりも性格が悪いんじゃないかとおしゃまさんは思うが、こうも言う。「でも、一番大切なのは、彼女の姿が目に見えるようになったことね」と。

すべて『目に見えない子』

スニフ　Nipsu

『ムーミン谷の彗星』

スニフは、最も早い時期に登場しているキャラクターのひとり。最初のムーミン童話『小さなトロールと大きな洪水』でのスニフは、「Det lilla djuret（スウェーデン語で、小さな動物）」と呼ばれ、名前がない。それでも彼は、同作品の主要人物のひとりであり、3ページ目から最後までムーミントロールやムーミンママと冒険をともにしている。主人公たちとの友情は、スニフのおびえた目が木の陰からのぞいているのにムーミンたちが気づいたときからはじまる。まもなく彼は、ムーミンママの子どものひとりになる。第2作の童話『ムーミン谷の彗星』では、彼はムーミン屋敷で暮らしていて、スニフ（元のスウェーデン語版名：Sniff）という名前で呼ばれる。

フィンランド語版では、最初からずっとNipsuという名前で呼ばれている。『小さなトロールと大きな洪水』は、童話シリーズ完結後、1990年代になってからフィンランド語に翻訳されたため、名前がすでについていたのだ。スウェーデン語版の原版が出版されてから実に46年後のこと。そのとき、すでにスニフは何十年もの間、欠かせない重要な登場人物として童話に、コミックスに登場していた。

童話の中のスニフは、冒険が危機感をおびてくると、悲鳴をあげ、文句を言う、繊細な生きもの。彼はムーミントロールの友達だが、ムーミントロールよりも幼い印象を与える。遊びが次第に大胆に、そしてこわくなってくると、頭がクラクラしてめまいを感じるようになる。船酔いしやすく、ことあるごとに嘔吐する。たくさん飲みすぎるか、早く飲みすぎると、コップから飲み物がこぼれて、むせはじめる。飲み物は緑か赤のレモン水がお気に入り。

お菓子よりもスニフが夢中になるのは、高価な物。なかでも宝石には目がない。童話『ムーミン谷の彗星』では、ガーネットが彼を危険な目に遭わせる。

その次の童話『たのしいムーミン一家』で、飛行おににひとつだけ願いを叶えてもらうとき、スニフはマストがジャカランダで、オール受けがエメラルドで、真っ赤な帆をつけた貝がらみたいな帆船をお願いした。どんな物を頼むかにも、さんざん迷ったスニフである。

いつも物を欲しがる彼の心の中では、熱い闘いがくり広げられていました。

童話『たのしいムーミン一家』

『小さなトロールと大きな洪水』

家系

スニフは、童話『ムーミンパパの思い出』に登場するロッドユールとソースユールの子ども。幼い頃にすでに、両親とは離ればなれになっている。のちに再会すると、スニフは両親からボタンコレクションを受け継ぐ。ムーミンのアニメーションやグッズでは、茶色い体で登場するものが多いが、原作のカラーの挿絵の中で茶色い体のシーンはない。体色は真っ白か、ほんの少し緑がかっているかで、それは彼がすぐに体調を崩すことと無関係ではない。

スニフは、所有することが幸せにつながると、かたく信じている。彼が人助けをするのは、そうすることで自分自身も得をすると思うときだけ。ムーミントロールとスナフキンは、ちがう価値観があることを教えようとするが、スニフは聞く耳を持たない。スニフの価値観は、ふたりの価値観とはまったくちがっていて、形のない価値は存在しないと思っている。スニフが犬のぬいぐるみのセドリックを譲りわたすときは、このために誤解が生じる。セドリックはトパーズみたいな目をした、一番の宝物だったのだ。

> セドリックをあげたとたん、彼はひどく後悔しました。何も食べず、眠りもせず、ひと言も話さず、彼はただ後悔していました。
> 「でもね、小さなスニフちゃん」ムーミントロールのママが心配そうに言いました。「そんなにセドリックが大好きだったんなら、どうして自分の好きな人にあげなかったの？　ガフサの娘なんかじゃなくて」
> 「あぁ……」スニフは、泣きはらして赤くしょぼしょぼになった目で、床を見つめながら、つぶやきました。「ムーミントロールのせいなんだ。もし自分の好きなものを誰かにあげたら、今度は10倍になって返ってくるって、そして不思議なくらい良い気持ちになれるって、言っていたんだ。ぼくは、だまされたんだ」
>
> 短編童話『スニフとセドリックのこと』

スナフキンは、スニフに教訓として、余命わずかと知らされた「お母さんのおばさん」の話を聞かせる。おばさんは、物を人にあげるようになり、そうすることで彼女の人生に新たな楽しみが生まれる。だが、天国に財産は持っていけないという事実は、スニフにとっては大声で叫びたいほど不当なこと。自分の人生に当てはめて考えるということは、彼はしないし、認めないと言う。

「それで、ぼくにセドリック以外のものも全部、人にあげろっていうの？　しかもその上、死んだほうがましだって！」

コミックスでは、スニフはさらに典型的なマテリアル主義者に育つ。彼が興味を持つのはお金と、それを稼ぐためのさまざまなビジネスに限られる。スニフはすべてを商業化し、友達であるムーミントロールのトラブルや夢でさえも、商売に利用しようとする。彼は、ムーミン一家のお気に入りの浜辺を海水浴場にしてしまったり、ムーミン谷を通りぬける鉄道の使用料を受けとったりする。また、彼の作った若返りの薬は、小さいものを大きくしたり、女性を男性に変えてしまう、という効果を持つため、ビジネスが大がかりなものになり、しまいに警察沙汰になる。すると、スニフはとっとと逃げさる。たいていの場合、ムーミン一家の親切のおかげで、スニフと彼にだまされたお客たちの両方が、丸く収まる。

『小さなトロールと大きな洪水』

リボンのしっぽのスニフ

スナフキンの有名な曲『すべてちっちゃな生きものは、しっぽにリボンをつけている』の小さな生きものは、童話の1作目と2作目でスニフが見せるダンスのことを指している。ムーミン谷への旅の途中、スニフは「しっぽの先をリボンのように結んで喜びのダンス」を踊ったと言われている。童話の挿絵にも、蝶々むすびのようにねじらせている彼のしっぽが描かれている。森のはい虫や昆虫たちが、ムーミンたちのパーティーで踊るときは、しっぽのあるものはめいめいに、自分で用意したリボンをつけている。

『ロビンソン・ムーミン』

右ページは『ムーミン谷へのふしぎな旅』で、たまねぎスープを飲んでおなかが痛くなるまえのスニフ。

いつもとは異なるスニフの行動がテーマになっている、コミックスのストーリーがふたつある。ひとつの物語で彼は心をいれかえ、もうひとつでは恋をする。

コミックス『スニフ、心をいれかえる』で、彼はインチキの美容クリームを作る際に硫黄の蒸気を浴びて天罰を受けたと思いこんで改心し、警察にこれまでの詐欺を白状する。

スニフは、他人のために善人になることはない。良い人であるということは、良い気持ちにさせるだけ、と信じている。

コミックス『恋するスニフ』でスニフが恋に落ちると、彼は不幸のどん底に落ちる。ガフサの妹ホウスカは、スニフと同じ鼻をしていて、同じように狂信的な行動をとる。ホウスカは、スニフの思いに応えることはなく、スニフの工場がふりまくススから、小さな動物や花たちを守ろうとする。十分に魅力的なビジネスのアイデアだけが、やせ衰えたスニフを元の彼らしい姿に戻すことができる。

私たちの世界のスニフたち

お金儲けのためなら、手段を選ばない人たち。破産すれば一時的に落ちこむが、新しいアイデアが浮かべばまた立ちなおる。スニフたちは、アイデアが浮かぶと待つようなことはせず、すぐ実行に移る。自分の知人関係はもちろん、友達の知人関係まで、ありとあらゆるコネを利用する。

両親のロッドユールとソースユールとの再会を喜ぶスニフ。『ムーミンパパの思い出』

多くの職場や社会でよく見られるのが、スニフとヘムルの共同作業。スニフとヘムルは、危険な組みあわせだ。典型的なのが次のパターン。スニフが商品を開発し、ヘムルがそれを会社や社会の秩序を守るために活かす（たとえば、コンピュータープログラムを使った労働時間の計算）。ヘムルは、必要不可欠で便利なものだと、みんなに製品を紹介する。ヘムルの説明や目的、考えるだけで疲れる計算については、誰もまともに聞こうとしないので（仲間のヘムルは例外）、製品はすぐに起用され、たちまち商売が成立する。最も賢いスニフたちは、計画段階からヘムルたちを参加させる。ヘムルが、そのことを光栄に思うあまり、特に報酬はいらないと言うことを見込んでのことだ。

こうしてすべてはスニフの思惑どおりに進行していく。スナフキンたちは、何かがおかしいと疑うものの、自分たちは静かに音楽を作りたいだけなので、事を荒だてない。ミムラたちは、「こんなの、どうかしてるわ」と言うが、両肩を上げるだけで、ヘムルのやりたいようにやらせる。ミーサはすぐに、スニフの商品が、どんなに彼女の仕事を増やしているかに気がつく。彼女は激しく苦情を言いながらも、さらに自分を追

『ムーミン谷への遠い道のり』

『黄金のしっぽ』

『スナフキンの鉄道』

いつめていく。ムーミンたちは、ヘムルたちに対して公正でありたいので、我慢する。なぜなら、彼らの生活を乱すことになっても、ヘムルに悪気はないのである（良かれと思ってしているだけ）。そして、小さなスニフは仕事を広げると、付属品やさらなる新製品をヘムルの手元に届け、ヘムルたちはそれらを同じように熱心にみんなの日常の一部にしてしまう。市場はうまく回っていき、人々も一生懸命仕事をする。売り上げが継続する限り、スニフもやめることはない。しばらくは、販売中の製品のデータ更新や付属品を作ることで満足する。

もし、この世の中を変えたいと思うなら、スニフとヘムルの関係を断ちきらなければならない。

ひとつの方法として、スニフたちの思考回路を事前に予測すること。そして、金銭的な利益があると思いこませて、たとえばムーミンたちと一緒に活動させること。もしみんなに利点がある活動なら、スニフたちの行動力には大きな価値がある。しかし、倫理的な目的のためではなく、自分の利益のためだけに行動を起こすのがスニフたち。小さなことがきっかけで彼らは敵地に逃げこみ、あっというまに態度を豹変させる。もちろん、他のスニフから助言を求めることはできるが、どれくらい信頼できるかは疑わしいところ。

寛大で
いながら
お金儲けを
するのは、
とても
むずかしいね

スニフになってみよう（内面的練習法）

持っているお金を数えてみる。やがて所持金が少なすぎることに気づくだろう。どうしたら、手早く儲けることができるだろうか（犯罪に走るのは論外。コミックスのスニフは犯罪すれすれのこともしているが）。無料で手に入れられて、売れるものがあるだろうか。近所の人や友達で、いらなくなった家財を持っている人はいるか。あるいは、近所の人や友達で、お金になるような特技を持っている人はいるだろうか。

もし、楽器を演奏できる知人がいたら、路上ライブをするように持ちかけてみる。有名なミュージシャンだと書いた大きなポスターを製作する。知人が演奏している横で、お金を集める。集めたお金はもちろん自分のものだ。知人は自己表現をする場を得ることができたのだから。アートとは、それを受けとめる聴衆があってこそ、生まれるものなのだと、知人に言って聞かせる。もし、彼がそれ以上演奏したくないと言ったら、別の知人に頼む。人にはみんな、少なくとも一度は披露できるような才能が、何かしらあるもの。みんな、あなたが儲けるのを手伝いたいと思っている、という考えからスタートしよう。苦労して聴衆を集めるのだから、あなた自身も十分役に立っている。

宣伝の戦略や新しいビジネスのアイデアを考えるのは、有能な人間のすることで、ムーミンたちやミムラたちはやろうとしないこと。彼らはただ行動するだけか、最悪の場合、行動もせずにただそこにいるだけである。

スナフキン　Nuuskamuikkunen

スナフキンは、わが道を行く旅人、放浪者、音楽家、そして芸術家。スウェーデン語名のSnusmumrikenは「嗅ぎたばこを吸う人」という意味。いつも春になるとムーミン谷を訪れ、秋になると去っていくが、童話『たのしいムーミン一家』では珍しく、ムーミンたちのように冬眠から目覚めるというシーンがある。スナフキンは、ムーミントロールの特別な友達。このふたりは一緒に橋の上に座ったり、釣りをしたり、おしゃべりをしたりする。そして、ハーモニカを奏でる音がムーミン谷に響きわたる。

スナフキンは、童話『ムーミン谷の彗星』で、初めて登場する。ムーミントロールとスニフがおさびし山の天文台に行こうとしていかだで川を下っている途中、スナフキンの黄色いテントに気がつく（174ページの絵参照）。そして、話をするうちに、スナフキンが人とはちがった視点で世界を見ていることが明らかになる。

自分の持ち物に愛着がわかないよう、気をつけなければ

「この場所が好きなのかい？」スニフは理解できないという顔で、何もない周囲を見まわしました。

「もちろんさ」スナフキンは言いました。「あの黒々としたベルベットのような木と、その背景にある灰色の色調をごらんよ。あの後ろにある赤紫色の山々を見てごらんよ！　ときどき、大きな青い水牛が、川の水面に自分の姿を映して……」

「きみ、うーん……絵描きじゃないんだろう？」ムーミントロールが少しおどろいて聞きました。

「たぶん、詩人だね」スニフは考えました。

「ぼくは、何にでもなれるのさ」スナフキンはそう言うと、コーヒーを火にかけました。

童話『ムーミン谷の彗星』初版

多才で、さまざまなジャンルのアーティストであるスナフキン。彼は、何も欲しがらないが、その一方で彼はすべて持ちあわせている。「ぼくは、この目で見るもの、自分が嬉しくなるもの、すべてを所有しているんだ。この世界でさえもね」と、彼は言う。スナフキンは、物を持ち歩かない。もし美しいものを見つけたら、それについて彼は詩を作る。テントですら峡谷へ投げすてるのは、持ち物に愛着を持つのは良くないことだと思っているからである。

スナフキンは、ムーミン谷では稀にみる、真の影響力を持った人物。彼の歌は、聞く人の心を楽しませ、また癒やし、彼の話は恐れる気持ちを薄れさせる。ただ単に自分の好きなように生きているにもかかわらず、スナフキンの賢さにはみんなが信頼を寄せていて、そういう意味では、スナフキンの影響力はムーミンママに並ぶものがある。

右ページは『さびしがりやのクニット』で笛を奏でるスナフキン。

Tove

思考を深めたり、新しい音楽を作るために、スナフキンは他人と距離をとりたがるが、それはたやすいことではない。彼のテントには、話を聞いてほしいヘムレンたちや、エキセントリックなフィリフヨンカたちがしょっちゅうやってくるからだ。森のど真ん中にですら、スナフキンの崇拝者のはい虫が姿を現し、創作作業は中断される。

今夜、ぼくは歌とともに独りっきり。そして、今日はまだ明日なんかじゃないんだ

はい虫は、近くにはってくると、手を背中にまわし、かしこまってささやきました。
「あなたのハーモニカが、ここにあるの？　このリュックの中に？」
「そうだよ」スナフキンは、うんざりした声で言いました。彼の孤独のしらべが消え、雰囲気がすっかり壊れてしまったのです。彼は、パイプを嚙みながら、白樺の木の間を、焦点を合わせずに見つめていました。　短編童話『春のしらべ』

スナフキンにとって歌を作ることは、社会への貢献とは比べものにならないほど大切なのだ。少なくとも、そうあるように彼は努める。独りでいることの魅力を歌ったものは、ムーミントロールを思う気持ちでいっぱいのときや、スナフキンの崇拝者が現れたときには、生まれてはこない。自分のプライベートな時間を何よりも大事にするスナフキンは、ときに不親切に思われることがある。童話『ムーミン谷の彗星』の初期の版では、スナフキンの人物像が少々異なっている。トーベ・ヤンソンが、長い年月の中でムーミンの人物像をつなぎあわせ、初期に書かれた本や挿絵に手を加えていったときに、スナフキンの性格も変化を遂げている。

初期のスナフキンは、活発で、熱しやすい芸術家で、誰かと一緒にいることを心から喜んでいる。浜辺では、彼だけのためにはるか遠くから誰かがやってくると信じて疑わない。彼が語りだすと、話があっちこっちにそれる。冒険物語の英雄は、彼自身。警察官の畑でメロンを盗んで、捕まったことがあると話す。とても口の悪い警察官で耐えられなかったというだけの理由で、ろうやから脱走する。彼は地下牢から3回逃げ出すが、3回目の脱走のとき、塀の向こうで、スノークたちの「ワインだけが足りない」ザリガニパーティーに飛び入りしてしまう。

『ムーミン谷の彗星』初期の版。
（右ページも）

のちに描かれた、童話『ムーミン谷の彗星』に登場するスナフキンは、初版に比べて、年齢が上がり、精神的にも安定している。ストーリーを語るときは慎重に言葉を選び、釣りの仕方やポーカーのやり方も教える。こんなスナフキンと一緒にいるとき、ムーミントロールは以前にも増して純粋に見える。トーベによるこの変更は、シリーズの進行にそって、ムーミントロールの成長を可能にしている。スナフキンには寡黙な世捨て人のような一面があり、人々の憧れの的だが、遠い存在である。

> スナフキンが言ったことはすべて、賢くて正しいように思えました。そして、ひとりになって考えたら、彼が何を言っていたのかよくわからなくなり、かといってもう一度聞きにいくのも恥ずかしくなりました。もしかしたら、スナフキンは最初から答えてくれなかったのかもしれません。彼は、紅茶や天気の話をしたり、パイプを嚙んだり、あのわけのわからないいらいらする感じで声を出したりするのです。そうすると、自分が何かとんでもないことを言ってしまったような気持ちになるのでした。
>
> 童話『ムーミン谷の十一月』より（ホムサ・トフトの思考）

禁止の立てふだを引きぬいた者

警察官やその他の決まりごとを守らせようとする人たち（つまり、ヘムルたち）と、スナフキンは、絶えず険悪な仲にある。スナフキンは、ルールや禁止の立てふだを嫌い仕返しをしようとして、公園番をニョロニョロに襲わせる。一方、ティーティ・ウーには名前をつけてやり、スニフには幸せと財産の関係について教えてやる。スナフキンは、問題も雰囲気も敏感に感じとる。パーティーでは、おなじみの「すべてちっちゃな生きものは、しっぽにリボンをつけている」を陽気に演奏しつづける。

童話『ムーミン谷の夏まつり』で、スナフキンは新しい役目を担うことになる。彼は、公園番とその奥さんの憂鬱になるような保育から、「誰かに忘れられたか、迷子になった、24人のおとなしい子どもたち」を自由にする。その英雄的な行為の末、スナフキンは予想外にも、子どもたちについてこられてしまい、たちまち保護者の役を務めなくてはならなくなる。スナフキンの生活は、子どもたちの食事、衣服や健康についての心配事でいっぱいになり、「ムーミンママを見つけたら、すぐに子どもたちを引きわたそう」という考えだけが、彼に希望を与える。

スナフキンの誇り高さは、ちょっとのことでは揺らぐことはないが、揺らいだときにはとてもコミカルな展開になる。スナフキンの権威について直接触れているのが、唯一『ムーミン谷の十一月』のホムサ・トフトである。

> いったいなぜ、みんなスナフキンを敬愛するのだろう。もちろん、彼がパイプを

モデル

スナフキンのキャラクターに最も影響を与えた人物のひとりは、左翼の政治家で哲学者のアトス・ヴィルタネン（1906 - 79年）。トーベ・ヤンソンは1940年代前半に彼と交際していた。ふたりは一緒に、芸術コミュニティをタンジェ、またはバスク地域のギプスコアに作る計画を立てていた。スナフキンの緑の帽子は、アトスからきており、物質の所有は重要ではないという自由に対する考えも、彼のものだった。

吸うのは素敵だと思うけど。それとも、みんなが彼に憧れるのは、彼が急に姿を消してドアを閉めてしまうからだろうか。でも、ぼくだってそうするのに、誰もそれをかっこいいと思ったりしない。

童話『ムーミン谷の十一月』より（ホムサ・トフトの思考）

コミックス『ムーミントロールの危険な生活』の中に、年老いた、少なくとも疲れ果てたスナフキンが登場する。お供には、トゥッペという名の小さな生きものを連れている。スナフキンは、放浪者の生活に疲れ、すぐにベッドの中で眠ろうとするが、ムーミン一家がそれを邪魔する。ムーミンパパとムーミントロールは、無理やり彼のために冒険を考える。夜がふけるまで、パーティー騒ぎは続く。

帽子をかぶったアーティスト兼放浪者は、スナフキンがムーミン作品に出てくる前から、トーベ・ヤンソンの描いた表紙画の中に存在している。パイプをくわえている姿は、トーベの叔父のひとり、数学者ハラルド・ハンマルステンを思いうかべさせる。ハラルドは、登山家と船乗りとしても有名だった。雑誌「ガルム」1945年10月号の表紙。

私たちの世界のスナフキンたち

多くの芸術的な活動を行っている人は、このムーミン作品中の憧れの的と同じように、インスピレーションに燃えているとき、人間関係はどうしよう？　というジレンマを抱えている。芸術家であれば、スナフキンであるというわけではなく、重要なのは、自分がやっていることに全身全霊で打ちこめているかということ。スナフキンたちは、仕事を非常に重視する。仕事の成果について妥協することはないし、タイミング悪く他人が入ってきて作業が中断されることにストレスを感じる。他のこと、たとえば友情などに関しては、仕事の手をいったん休めることもある。

どんな快楽に誘惑されようとも、スナフキンたちの仕事に関するモラルが揺らぐことはない。気持ちよくのんびりできるベランダの誘惑に抵抗できないムーミンパパたちとは、大きく異なる。スナフキンたちは、進行中のプロジェクトが終わってから、休暇をとってのんびりする。最初から予定が立っている週は、彼らを悩ます。なぜなら、一番効率が良く、調子の良いときに限って、他の予定に邪魔されるから。休暇は、きらりと光るひらめきを先に結んだ細い糸を、ぶちぶちと切ってしまう。

すばらしい業績をあげることができる、スナフキンたち。彼らはそれによって他の人を喜ばせ、勇気づけ、人生における深い謎について思考させ、パーティーのムードも天井まで高調させてしまう。業績をあげるのは一見簡単そうだが、実はそんなことはない。ときに、スナフキンたちは何もしていないようにも見える。彼らは準備を怠らず、動きまわり、コーヒーをわかし、掃除もする。そして、直感を信じ、脈があがったそのときに行動を起こす。時機が悪ければ、無理やり押しこむようなことはしない。他の人が寝ているあいだにも、スナフキンたちは直進する。

上・中とも『ムーミントロールの危険な生活』

『ムーミン谷のきままな暮らし』

アーティストとしての筆の調子が乗っているときは、友達の誕生パーティーにも行かず自分の作業に没頭する。自己中心的だと言われることもあるが、彼らはそうすることで何を失うかもわかっている。彼らは、友達もパーティーも好きなので、罪悪感にも悩まされる。一足遅れてパーティーに現れると彼らは、スピーチをしたり、歌ったり、演奏したりと、自らの才能で楽しませてくれる。スナフキンたちの人生において、一番つらいのは、彼らが誰かの犠牲に背を向けなければならないこと。彼らと一緒にいたい友達の、または調子の良いときを活用できなかった自分の、どちらかの犠牲である。

スナフキンになってみよう

多くの人がスナフキンに憧れ、共感する。もしあなたがこの本を読もうとして、真っ先にスナフキンのページを開いたのなら、「ヘムル／ヘムレンさん」のページを読むように。ヘムレンこそ、自分もスナフキンだと勘違いしており、少なくともスナフキンの生き方を敬愛している。もちろん、次のような方法で、スナフキン本人を目指しても良い。

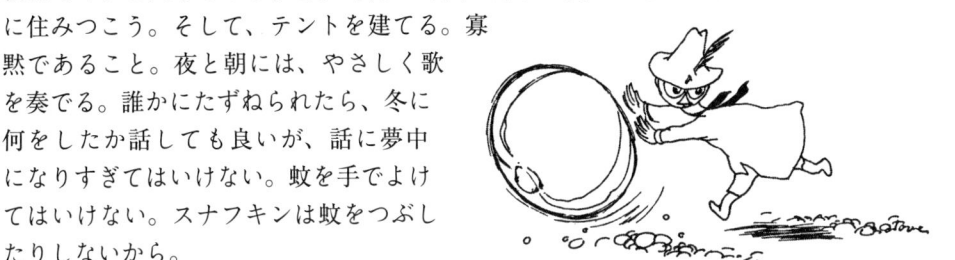

天文台に向かう旅の途中で、ムーンミントロールとスニフにハーモニカを吹いてくれるスナフキン。上は『ムーミン谷の彗星』の現在の版、下は初期の版。

《速攻で達成するスナフキンへの道》

おしゃれなフェルト帽と伝統的な形のパイプを用意する。安いパイプたばこを帽子の下でふかしていると、沈思黙考しているように見える。もし、ゆっくりとパイプを磨けば、さらに賢そうな印象となる。このようにして、他の人から解放されるとともに、彼らも尊敬したまなざしで接してくれるだろう。

問題なのは、誰かがあなたを本物のスナフキンだと思いこんでしまうこと。そうなったら、あなたの威厳はめちゃくちゃになる。本物のスナフキンと比較されることにでもなったら、あなたは笑いものになるだろう。本物のほうが、ずっと良いに決まっている。

もうひとつの問題は、たばこの箱の側面に書かれたあなたの健康へのコメントだ。

《ゆっくりと時間をかけたスナフキンへの道》

自分の持ち物をすべて手放す。世界を旅してまわり、無料でハーモニカの吹き方を教えてくれる人をさがす。4月〜5月に母国に帰り、友人たちと一緒に、夏のコテージに住みつこう。そして、テントを建てる。寡黙であること。夜と朝には、やさしく歌を奏でる。誰かにたずねられたら、冬に何をしたか話しても良いが、話に夢中になりすぎてはいけない。蚊を手でよけてはいけない。スナフキンは蚊をつぶしたりしないから。

警察官からメロンを盗む、スナフキン。このシーンは、童話『ムーミン谷の彗星』の初期の版だけに掲載されている。

クニット　NYYTI

小さなクニットのはい虫は、雪の中からムーミン屋敷の中に入れてもらい、あたたまらせてもらう。『もみの木』

クニットと呼ばれるはい虫たちは、ささやくように話す、大きな目をした小さな生きものの総称。

絵本『さびしがりやのクニット』の主人公クニットは、フィンランドでは孤独でシャイな人の象徴とされている。スウェーデン語名はKnyttet。

今、ぼくは
怒ってるから、
ほとんど全然
こわくないや！

あるところに、小さなクニットがいました。
彼は、たったひとりで家に住んでいて
家もまたぽつんと一軒だけでそこに建っていました。
つまり、クニットも彼の家もひとりぼっち。
それはふつうの2倍もこわいもので
夜になると、彼はランプというランプに明かりを灯しました。

そんな家から逃げだしたクニットは、フィリフヨンカやホムサやヘムルたちのいる、色鮮やかで騒々しい世界と出合う。それでも彼は以前と同じように孤独で、石や木の幹の陰からのぞいているだけで、誰にも話しかけられない。実際、クニットの存在は、他の人にとって見えないのと同じなのだ。その上、彼の黒っぽい姿から目を引くものはといえば、バラの模様のカバンだけ（80ページの絵参照）。

助けを求める手紙の入ったビンを海で見つけたときに、クニットの旅に目的ができる。それを書いたのは、「女の子で、しかもこわがっている」スクルット。クニットの心に勇気が湧いてきて、彼女をモランから助けだすための一歩を踏みだす。重いカバンは、椅子や船として役立つ。道中、ヘムレンさんたちとも話せるようになり、ついにモランの山へ。クニットはモランをやっつけてスクルットを助けだす。でも、恥ずかしがりやの性格はなかなか変わらない。緊張するクニットを励ますために、作者トーベは読者に「どうかふたりをたすけてあげて！」と応援を求める。

『さびしがりやのクニット』（左ページも）

パーティーの明かりが海の黒い背を照らします。これからは、お互いをなぐさめればいい。もう二度とこわがることはないのです。

『ムーミン谷の彗星』で、はい虫と訳されている小さなクニットは、恥ずかしがりながら思いきって話をして聞かせる。その物語は、「あるところに、ピンプという名の森ねずみがいました」という文ではじまり、そこで終わる。

　クニットは、ムーミン作品の中で最もシャイな登場人物だが、モランに立ちむかう勇気を持つ唯一のキャラクターもクニットである。夜明け前の霧に姿を隠す彼が、いったい何から逃げているのかは、読者の想像にまかせられている。孤独な家での生活からモランの前でくり広げられる戦いのダンスまで、クニットの旅は、いたって無鉄砲で困難。でもそれよりもさらにむずかしいのは、花畑で髪や目を輝かせて待っている最初の友達スクルットに話しかけることなのだ。

　クニットというはい虫は、ムーミン作品の中で、独自の「はい虫族」としても登場している。

　短編童話『もみの木』では、ムーミンママがベランダの下でじっとしているはい虫を見つけ、中に入ってお茶を飲みましょうと誘う。同一のはい虫は、のちにムーミンたちのクリスマスツリーを見るために「同じくらい小さくて、灰色で、みっともなくて、凍えている」親戚を連れて戻る。クリスマスのことを何も知らないムーミンたちは、クリスマスツリーを他のプレゼントなどと一緒に、はい虫たちに贈る。感激したはい虫たちは、生まれて初めて自分たちのクリスマスを静かに祝う。

クニットとスクルットの誕生秘話

クニットの物語は、スウェーデン語で「包み」や「カバン」という意味である「knyttet」と名乗る読者からの手紙が発端だった。絵本のクニットは男性だが、トーベは女性のクニットも考案していた。草稿ではスクルットもクニットの仲間だったが、最終稿で机の上から払われてしまうような紙くずのように、小さくて価値のないという意味合いを持つ独自のキャラクター「スクルット（skruttet）」となった。トーベはかつて、スクルットのように小さな者を元気づけ、喜ばせるために物語を書いている、と言っている。

『さびしがりやのクニット』の
クニットとスクルットの家。

もみの木の下や枝の上で、クリスマスを祝うクニットたち。飾りはもともとムーミン一家のもので、冬の危険な力は大好きな宝物によって抑えることができると信じられている。『もみの木』

弁護士は、感情に訴えようとする。
『ムーミンと魔法のランプ』

裁判官、検察官、弁護士、陪審員たち
OIKEUDENPALVELIJAT

コミックス『ムーミンと魔法のランプ』で、ムーミントロールとスノークのおじょうさんは、裁判にかけられる。被告人のふたりはダイヤモンドのネックレスを盗んだ疑いをかけられるが、実際にネックレスを盗んだのは、ランプの精。検察官も、弁護士も、感情に訴えた論争が陪審員を納得させると信じている。そのため裁判所では、叫び声や泣きわめく声が響くが、陪審員たちは結論を出すことができず、こっそりと家に帰ってしまう。そのあとでようやく、裁判官のヘムルは被告人に何か言いたいことがあるかとたずね、ムーミントロールたちはネックレスを盗んだのはランプの精霊だと弁明する。

弁護士は、ムーミンパパの7代目のまたいとこが永遠の眠りについた、という知らせを持ってくる。『ムーミントロール、農夫になる』

陪審員たちが裁判所をあとにしたため、判決は裁判官ひとりにゆだねられる。『ムーミンと魔法のランプ』

検察官が攻撃する。
『ムーミンと魔法のランプ』

平和主義者　Pasifisti

ムーミンパパとムーミントロールは、ダーツをしていて、低木の後ろに座っていた平和主義者にあやまって矢を当ててしまう（コミックス『ムーミン谷の戦い』）。ムーミンたちが帝国主義を崇拝していると思った彼は、ムーミン屋敷から見つかった日時計や銃などの武器を捨てさせ、ムーミンたちを自由にしようとする。

彼にならって、ムーミンたちも平和主義者になるが、どういうわけかムーミン谷はかつてないほど戦闘じみた場所になる。

ムーミンたちは、クリップダッスたちの武器の装備に関与してしまう。知り合いの、谷のクリップダッスに矢を作ってあげた彼らは、同じ数の矢を山のクリップダッスにも提供することで、平和を保とうとする。平和主義者はムーミンたちを資本主義の戦争商人と呼び、警察署長さんにも助けを求めるが、ムーミンママのプライベート軍隊、すなわちニョロニョロの群れが登場してようやく事態は収まる。

返品された矢は、元の使い道どおり花の添え木として使われるようになるが、平和主義者は依然としてムーミンたちを許してはくれない。

訳者注：平和主義者は「P」の文字を、Parking（駐車）ではなくPeace（平和）禁止と勘違いする。

どちらも『ムーミン谷の戦い』

じゃこうねずみ　PIISAMIROTTA

遊ぶが良い、
小さな
はい虫よ。
遊べるうちは
遊べるだけ、
ずっと
遊ぶのじゃ

じゃこうねずみは、哲学者で、悲観論の先駆者。童話『ムーミン谷の彗星』で、ムーミンパパの橋に家を壊されてしまったため、彼はムーミン屋敷に移り住む。じゃこうねずみは、すべての無益さや無意味さを説く。哲学者の彼にとって、心地よいか苦しいか、死ぬか生きるかは、みんな同じことである。

「おそらくわれわれは、シチューの具みたいになるかもしれないし、ならないかもしれない」
童話『ムーミン谷の彗星』

じゃこうねずみには、明らかに予言者の素質がある。「少しもわしの心を揺さぶりはしないが、何かとてつもなくひどいことが起こるだろう」と、彼は唱える。彼の言う災難は、はっきりとしたものではないが、少なくともムーミンママが子どもたちを早く寝るようにせかすほどにはこわいものである。じゃこうねずみにムーミンママは、コニャックは終わりにしてミルクをどうぞと勧める（コミックス『ムーミントロールと地球の終わり』）。

じゃこうねずみのお気に入りの場所はハンモック。彼はそこにこもって、思考にふけったり、愛読書『すべてがむだであることについて』を読んだりする。彼のもう一冊の愛読書

じゃこうねずみが、ある嵐の夜にムーミン屋敷へやってくる。『ムーミン谷の彗星』初期の版では挿絵の一部が水彩画で描かれていた。（174、175ページも）

じゃこうねずみに恐ろしい予言を聞かされる前の様子。
『ムーミントロールと地球の終わり』

は、ドイツ人の哲学者オスヴァルト・シュペングラーの『西洋の没落』で、西洋文化の誕生や文明の崩壊について書かれている。
　ムーミントロールは、彗星が地球をほろぼすというじゃこうねずみの予言に興味を示し、辛抱づよく質問する。するとじゃこうねずみは、おさびし山の天文学者のところへ行け、そこに行けば、いつ彗星が落ちてくるかわかると、興味なさげに答える。なぜなら、知識もまた無用なものだと彼は考えているからである。さらにムーミンママには、彗星はまっすぐママのやさい畑に落ちてくるだろうと予言する。
　じゃこうねずみにとって最悪なのは、人に笑われること。他のみんなが避難しているところで、やはり自分も彗星から身を守ろうと決めたとき、彼はあやまってデコレーションケーキの上に座ってしまう。このような状況は、哲学者の名誉を傷つけるが、のちにもくり返されている。ハンモックのひもが切れたときや、じゃこうねずみの本が食卓と一緒に空に舞いあがってしまったときである（童話『たのしいムーミン一家』）。飛行おにには、飛ばされた愛読書を返してほしいと願うが、代わりにもらったのは『すべてが役に立つことについて』という本だった。

ムーミントロールとスニフは、じゃこうねずみの思考作業の邪魔をする。『ムーミン谷の彗星』

じゃこうねずみは、世界の喧騒を逃れて洞くつで過ごす。『たのしいムーミン一家』

楽しいガーデンパーティーの開き方

じゃこうねずみがこんなことを知っているとは思えないが、彼は8月のパーティーのまえにムーミンたちにこう助言している。「小さなテーブルや大きなテーブルを用意するのじゃ。しかも、意外なところに設置するように。そうすれば、お客はいつもより大騒ぎして庭の中を喜んで歩きまわることじゃろう。それから、一番先に一番良い料理を出すこと。そのあとに何が出されるかなど、お客にはもう興味はなかろう。いずれにしても、その段階ではみんなもうすっかり楽しんでいるのだから」

ちびのミイ　PIKKU MYY

『ムーミンパパの思い出』

好奇心旺盛、こわいものなし、ストレートな物言い。童話『ムーミン谷の夏まつり』のための作者による覚え書きで、このようにちびのミイはコメントされている。ミイは、最も人気のあるムーミンキャラクターのひとり。短気で、礼儀知らずで、天真らんまん。彼女の名前は、「存在するものの中で最も小さい」という意味。名前の背景にはマイクロの記号μ（ミュー）の意味がこめられ、初期のちびのミイのイラストにはこの記号も描かれている。

言うことが鋭いちびのミイは、穏やかで、まあるいムーミンたちとは正反対に位置する。彼女は他の登場キャラクターに比べて小さいが、よく目立つ。細い手足を広げて跳ねていたり、腕組みをしながら高いところから見下ろしていたりする。おだんご頭の髪の下から、大きな目がぎょろり。目の上のラインは、険しいまゆ毛と重なっている。ポケットや帽子、裁縫かごの中にも収まる。アリとにらめっこをし、雪の上にも足あとを残さない。

ちびのミイは、夏至の夜に生まれた。母親はミムラ夫人で、父親は誰だか明らかにされていない。最初のいたずらとして、ミイは排気管に朝ごはんのオートミールを詰める。それが、フレドリクソンの耳にかかってしまう。ミムラ夫人の子どもたちの群れの中でも、ミイはその性格でずば抜けている部分がある。ミイがムーミン一家の養女になる、コミックス『家をたてよう』の中で、フィリフヨンカが「ミイ、あなたは一番小さくて、一番手ごわいわ」と、言っている。実際、ムーミン一家はミイを養女として迎えることになるが、その条件を決めたのはミイ自身。彼女は、ムーミントロールの部屋を要求する。

ミイは、不愉快な真実や目をつぶっておきたいような現実を、人々の前に平気でさらしだす。ミイの多くのセリフは、短い破滅の言明である。

『ムーミン谷の夏まつり』

「今、あたいたち食べられちゃうんだ！」（童話『ムーミンパパの思い出』）
「この人、ぺたんこになっちゃった」（絵本『それからどうなるの？』）
「今、あたいたち燃えちゃうんだ！」（童話『ムーミンパパの思い出』）
「今、おぼれて死ぬんだわ！」（絵本『それからどうなるの？』）
「きっと、モランに食べられたんだわ！」（童話『ムーミン谷の夏まつり』）
「月明かりを全部燃やしてやる！」（童話『ムーミン谷の冬』）
「あいつは、すっかり死んでるわ」（童話『ムーミン谷の冬』）

恐怖や大惨事は、ミイをただ興奮させる。

「景色が丸ごと大混乱になって、大慌てで逃げだすのって、楽しいと思わない？」と、童話『ムーミンパパ海へいく』の中で、島の砂や木々が、モランの島への上陸に反応して逃げだす様子を見て、彼女は嬉しそうに言う。

ミイは機敏にあちらこちらで他人を批評したり、いたずらしたりする。姉のミムラねえさんからはおもしろがって逃げまわるが、自分のやりたいことのために長時間姿を消すこともある。ミイをおどろかすものは何もなく、初めて体験した冬ですら、ミイをおとなしくさせることはできない。

「ずいぶん、変わったことが起こるものね」と、雪の中で彼女は言う。ムーミントロールが夏を恋しがって壁に写真を貼っているあいだ、ミイはお盆でそりすべりをする。

無秩序そのものであるちびのミイは、勝手に人にさまざまなアドバイスをする。スナフキンが大勢の子どもたちの世話をしなければならなくなったときには、奇妙な子育ての仕方を伝授する。

『ムーミン谷の冬』

> そのとき、子どもたちの中のひとりが、こわい夢を見て、泣きだしました。
>
> 他の子どもたちも目を覚まして、つられて同じように泣き声をあげました。
>
> 「よしよし」と、スナフキンは言いました。「ぱっぱかぱっぱか、ぱっぱかぱー！じゃじゃーん！」
>
> 効果はありませんでした。
>
> 「きっと、全然おもしろくなかったのよ」ちびのミイが状況を説明しました。「あたいのお姉ちゃんみたいに言わなきゃ。静かにしないと、死ぬまで引っぱたくわよって。それであとで謝って、お詫びのお菓子をあげるの」
>
> 「それで効果はあるのかい？」
>
> 「ないわね」ちびのミイは答えました。
>
> 童話『ムーミン谷の夏まつり』

ははは！
だまされた！

『ムーミン谷の夏まつり』より、スナフキンと森の子どもたち。ちびのミイは小さすぎて雨つぶひとつあたらない。

『ムーミン谷の夏まつり』

ミイは小さいので、謝らなくても許されることがたくさんある。なかには彼女が口走ったことが、良い結果をもたらすこともある。たとえば、空想遊びの恐ろしさに混乱したホムサをさらにこわがらせたことで、ホムサは傷つくが、想像の世界と現実の境をまったく新しい方法で見つめられるようになる。ミイは、感傷的でふわふわ浮いているムーミントロールを、たびたび現実という地上に連れもどす。ムーミントロールは、ミイには自分の考えていることが何でもお見通しだと感じている。恐怖が訪れたとき、その存在はとても気持ちを落ちつかせてくれるものでもある。

「ドアは開けないよ！」彼は口早に言うと、ちびのミイの目を見ました。ミイの目は嬉しそうで、浮かれていて、彼の秘密についてすべてわかっていました。それは、彼をホッとした気持ちにさせてくれたのでした！　童話『ムーミンパパ海へいく』

ミイ自身は、自分のことを秘密にすることもあれば、姿を隠すこともできる。「どういうわけか成長がとまった人」である。彼女は何も恐れず、少なくとも自分でどうしようもないことは何も恋しがらない。感傷的になることがないので、彼女に憧れることはたやすいが、共感することはむずかしい。ミイが本当に考えていることについても、私たちにはわからないまま。

ムーミン一家やスナフキンとはちがって、ちびのミイは罪悪感というものを感じることがない。彼女が良くないおこないをしたり、他の人をいじめて絶望に追いこむ力があるとしても、彼女には他人を傷つけようという気はこれっぽっちもないのである。

もうすぐ
ここは、
残虐な
修羅場に
なるわ！

葬式の行列でも、ちびのミイはスキップする。ムーミントロールは死んだリスを抱え、バスローブを着て、尊厳とあたたかさを運んでいく。『ムーミン谷の冬』

上・下ともに『家をたてよう』

私たちの世界のちびのミイたち

ちびのミイは、ムーミンの世界の中でも最高のキャラクターだと多くの人々が言う。しかし、現実にはちびのミイのような人は、それほど多くはないだろう。私たちの身のまわりには、声を大にして真実を叫ぶ人はいても、顕微鏡で見なければならないほど小さい人はまずいない。もとはといえば、ミイの魅力はそのサイズと才能のコンビネーションにある。非常に小さいが、完全に独立している。

子どもの頃はみんな、ミイの全能さを味わうことができる。屋根によじのぼることも、宇宙へ飛びだすことも、何もかもが可能だ。敵を簡単に倒すことができるし、良心を痛めることもない。大声で叫べば、世界が自分たちの思いどおりに動いてくれる。小さいから、ポジティブな面がぎゅっと詰まっているし、愛される。それなら、どうして成長しなければならないのだろう？　残念ながら（そしてありがたいことに）それまでの勘違いは取りあげられてしまう。車でひかれたら誰だって痛いし、誰も押しつぶしてはいけないし、言葉で傷つけてもいけないと、とがめられるようになる。

大人の中では、ちびのミイらしさというものは部分的な性格として存在する。大人のミイたちは、周囲に笑いと憤然とした空気の両方を巻きおこす。彼女たちは、葬式で不謹慎な事実を口にしてしまったり、他人の秘密をばらしてしまったり、誰かが慎重に言葉を選んでいるときに遠慮もせずにしゃべるタイプである。ちびのミイたちは、反抗することの楽しさから反抗をし、してはいけないことをして他の人を喜ばす。

ミイたちは、自分自身のために心配することはない。もし、欲しいものがあれば、どんな手を使ってでも手に入れようとする。「ちょっと脅してみた」というのは、彼女たちにとってはありふれた行動だったりする。しかし、友達のことは、噛みついてでも、必死に守ろうとする。

ちびのミイになってみよう

まゆ毛を剃る。まぶたのすぐ上に横線を描くか、入れ墨を入れる。目をつり上げるようにすれば、どんなシチュエーションでも怒っているように見える。

しゃべるときは文のはじめに必ず「今」を入れる。発言は、3〜4単語に短くまとめること。たとえば、188ページに引用したセリフ中、最初の4つは、ちびのミイのコメントとしてなら会議でも使える。

ぴったりな動作を用いて、話し方をより効果的にしてみても良い。とんでもないことが起こりそうな予感がして嬉しくなったら、スキップをしながらその場を去る。手は、腰にあてるか、腕を組む。もし誰かの行動が気に障ったら、足に噛みつくか、相手の眼鏡を奪うこと。

左ページは傘を手に空から舞いおりるちびのミイ。『それからどうなるの?』

警察官や消防団
POLIISIT JA PALOKUNTA

　警察官には、ヘムル以外の人もなることができる。ムーミン作品の警察官たちは、イギリスの警察官風の服装をしていて、警視長の多くはラッパのような鼻をしている。コミックス『まいごの火星人』では、空飛ぶ警察官も活動している。しかし、同作品では牛や消防団も空を飛んでいるので、警察官だけが進化して飛べるようになったと言えるわけではない。

　消防士の輪郭はカエルのようで、彼らの動きもカエルに負けず劣らずすばやい。誤報が度重なると、怒り心頭に発する。ムーミンコミックスの中で最もドラマチックな消火作業は、コミックス『家をたてよう』でムーミンたちが早春に焚いた夏至祭のたき火に関連しておこなわれる。

ムーミンママが宇宙船から見つかった機械をいじると、警察官たちも空に浮かぶ。『まいごの火星人』

警察官たちが、お米をふりまいて警視長を出迎える。『署長さんの甥っ子』

ムーミンママが火星人の機械に触ったあとは、消防士たちも地に足が着かない。『まいごの火星人』

夏至になったら出ていくと約束したミムラのために、ムーミンたちが一足早い夏至祭を用意する。ちびのミイが消防士の足に噛みついて、状況はますます複雑になる。『家をたてよう』

『ムーミンと魔法のランプ』で、警察官たちが突撃する。ムーミントロールとスノークのおじょうさんは、アクセサリー泥棒の容疑をかけられている。

プリマドンナやヒロイン女優

PRIMADONNA JA SANKARITAR

コミックス『恋するムーミン』で、サーカスのスターのプリマドンナが、ムーミントロールの心をもてあそぶ。プリマドンナは、サーカスの曲芸師エメラルドのことも翻弄し、エメラルドはやがてその役目に疲れてしまう。プリマドンナの恋愛相談にのってくれるのは、経験豊富なはなうまである(78ページ「はなうま／うみうま」参照)。

コミックス『レディ危機一髪』では、ヒロインの女優がアドベンチャー映画に出演する。タイトルの「危機一髪」を、SOSの信号と早とちりしたムーミントロールとムーミンパパは、全力で彼女を救出しようとする。撮影から抜けだしたヒロインは、スターでいることよりも大自然の中で生きることを選ぶ。ただし、天蓋つきのベッドを携えて。髪型、身のこなし、スレンダーな体は、プリマドンナをイメージさせるが、鼻はフィリフヨンカに似ている。

左・上の2枚とも、自信たっぷりのプリマドンナ。
『恋するムーミン』

レディが危機に見舞われている様子。
『レディ危機一髪』

ヒロイン女優は洞くつでの生活と、そこから見える海の風景を楽しんでいる。『レディ危機一髪』

預言者たち　PROFEETAT

コミックス『預言者あらわる』では、ふたりの預言者がムーミン谷を訪れる。最初に到着するのは、自由な人生を提唱する白い預言者で、次に来るのは自己抑制を主張する黒の預言者。花飾りをつけた自由の預言者は「罪悪感や悩みは捨ててしまおう」と勧め、ムーミンたちにはあなた方は幸せではないと告げる。

ムーミンたちはそれぞれ、自由な行動をとることにする。スノークのおじょうさんは自分からさらわれ、ミムラはパーティーで羽目をはずす。ムーミンパパは木の上に移り住み、スティンキーと「マンハッタン・ダイナマイト」を飲み交わす。しかし、ムーミンママがそんなみんなにあきれ果て、泳ぎに出かけてしまうと、みんな急に心配しはじめる。

同時に、罪悪感を押しつける黒の預言者が現れる。彼は、誘惑について長々と話して聞かせ、恋愛や食事を楽しむことを禁じる。ムーミンパパは、「酒びたりの日々」に別れを告げ、スノークのおじょうさんは修道院に入ることを考え、ムーミン屋敷の壁も、真っ黒に塗られる。

最後には、ふたりの預言者が取っくみあいのケンカをはじめ、ムーミンママにたしなめられる。

黒の預言者がムーミン谷で最初に出会ったのは、スニフとスティンキー。『預言者あらわる』

白の預言者は、囚人たちを自由にする。『預言者あらわる』

学者たち　PROFESSORIT

「観測は、綿密に行わなければならない」

童話『ムーミン谷の彗星』の中で、スニフとムーミントロールとスナフキンが、近づいてくる彗星について質問すると、天文学者はこう強調する。

ムーミン作品の学者たちは、隔離された現実の中で生きている。学者たちは確かに知識は持ちあわせていたが、それを誰かのために使おうとはしない。世界の終わりは、もっぱら地球の歴史の延長線上にあるできごととして、きわめて興味深いと考えている。

天文台にて。学者は、スニフに彗星を見せてくれる。『ムーミン谷の彗星』

天文台の学者たちは、あいさつもせず、こちらの話には耳も貸さない。彼らは、ボルトを締め、機械を設置し、望遠鏡の向こうに見えるものだけに集中する。「きみらのせいで、45秒もの時間が無駄になった」と、学者のうちのひとりが、無愛想にムーミントロールに言う。それでも、ムーミンたちのお世辞で、ようやくひとりの学者の注意を引くことができる。スニフが尊敬の意を伝えると、学者は彗星の衝突は、8月7日の20時42分かその4秒後に予測されていることを教えてくれる。

ムーミンコミックスでは、髪から2本のカタツムリの角が突きだしている気象学者が出没している。大暴風を予言する彼は、自然災害の被害を受ける対象という観点で世界を観察している。気象学者の服装は適当で、ポケットからは観測器具やバネが飛びでてぶらさがっていて、大きな安全ピンで何とか服装全体を留めている。昼間の日差しの中でも雨傘をさしたまま。ムーミンたちの旅には、ヘリコプターから気象観測をしてみたいという理由で同行する。

ムーミン作品に登場する学者たちの多くは、自然科学の学者である。トーベとラルスの4人の叔父たちも、同じ分野を専門としていた。

コミックス『ムーミントロールと芸術』の美術学者エメラウデは、自分の肩書を強調し、伝統的な風景画家としての身分を主張する。「技術は、芸術の基礎である」と、彼は力説する。彼が学者の肩書を持っているということには、他の芸術家たちは無関心である。「あの老いた学問の馬」と、そのうちのひとりは言う。しかし、フィリフヨンカはすっかり彼に感服する。

「この彗星は、とてもユニークで喜ばしいケースじゃ」と、学者は言う。『ムーミントロールと地球の終わり』

気象学者は、ムーミンたちと一緒にピクニックへ出かける。『おさびし島のご先祖さま』

ムーミンパパに、喜んで絵の指導をする美術学者エメラウデ。『ムーミントロールと芸術』

木の精や森の小さな生きものたちは、いつも喜んでパーティーに参加する。
『ムーミン谷の彗星』

木の精　Puunhenget

木の精は、長い髪を持つ、小さくて美しい女性（左ページ参照）。昼間は木の幹で、夜は広葉樹の枝先で過ごす。針葉樹のそばでは見られない。木の精の話は、童話『ムーミン谷の彗星』と『たのしいムーミン一家』の中で出てくる。

カニ　Ravut

ムーミンの世界では、カニには、やっかいな生きものというレッテルが貼られている。

童話『ムーミン谷の彗星』の初期の版では、大きなカニたちが、陸でも水中でも生きられる能力を鼻にかけて、いばり散らしている。彗星が近づいてきたために海が干上がってしまうと魚やヒトデたちが大騒ぎをしている中、カニたちの会話には、どこか国家社会主義を匂わせる部分がある。

「カニではない、すべての生きものを哀れに思うよ。――おそらくこれは、われわれがもっと生息地を広げられるようにするためだ。すべては仕組まれたことなのだよ！」

「すばらしい考えだ！　カニだけの世界！」

ムーミントロールの一行はこれを聞き捨てならず、スノークのおじょうさんは、光をカニたちの目に反射させて追いはらう。コミックス『ひとりぼっちのムーミン』では、スノークのおじょうさんがカニに襲われ、ムーミントロールが石を投げつけて助ける。コミックス『彗星がふってくる日』では、干上がった海で巨大なカニがちびのミイに近寄ってくる。カニが何をしようとしていたかは明らかではないが、ミイはその上に大きな石を落としてぺちゃんこにする。

ムーミンの世界の典型的なカニ。
このカニは、誰も襲ってはいない。
『ムーミン谷の彗星』

ルフスは、思考する繊細な若者。

ルフス　Rufus

コミックス『まよえる革命家』で、木の根元に座りこんでいる長い髪をした人物は、その物悲しげな雰囲気でムーミントロールの同情を誘う。この人物が、ルフスという名の若者だとわかると、今度はスノークのおじょうさんが彼に興味を示す。ルフスはムーミン屋敷のハンモックに移り住み、繊細な自己について思考を重ねる。

淑女クラブで、成長期に関連するスピーチをしたあと、ルフスは世界の不当さに思いいたる。彼は、怒りに満ちた闘士となり、ムーミン一家、特にムーミンパパやムーミンママを責めたてるように指さす。「ぼくは、あなたがたの谷を基盤ごとひっくり返してやる」と、彼は叫び、スノークのおじょうさんは「反革命的なゼロ」と言われる。軽い破壊的な行為と学校征服（夏休みの真っ只中で誰もいない）では、彼が望むような人々の注目は得られない。それでも、ルフスやムーミンたちが、会議中の窓の下でふくらませた紙袋を破裂させると、大臣たちはおびえてしまう。

ルフスは、すぐにはムーミンパパを
革命の闘士として認めない。

すべて『まよえる革命家』

詩人たち　RUNOILIJAT

詩人にうんざりするムーミンたち。『ムーミン、海へいく』

ムーミンコミックスに登場する詩人たちは皆、何らかの矛盾を抱えた人々で、まわりの空気を読むという能力に欠けている。彼らは、現実問題に頭を悩ませている人のとなりで、飾りたてた詩的な言葉を語りあげる。自分たちが他の人とはちがっていると思いこんでいるのだ。さらに彼らは、助けてもらったり、何らかの形で優遇されたりすることを期待している。あるとき、ジェーンおばさんの甥のワルッシュは、スノークのおじょうさんと一緒に雪に埋もれて身動きできなくなる。助けられて小屋の屋根の上に押しあげられると、「私は詩人。はかない美しさの使者」と自分を弁護した（コミックス『ムーミントロールとジェーンおばさん』）。「詩人には、ある特定の自由がある、と認められている」とは、タイフーン号にこっそり乗っていた詩人が、ウイスキーとケーキを盗んだときに吐いた言葉（コミックス『ムーミン、海へいく』）。

騒々しく、ロマンチックな詩人タイプとは異なるのが、物静かなスナフキン。しかし、彼も初期のコミックス『ムーミントロールと地球の終わり』で自分の詩を読んで聞かせて、ムーミントロールを飽きあきさせている。

詩人は自分の詩の題を船の名に提案する。『ムーミン、海へいく』

ワルッシュとスノークのおじょうさんは、急に降雪に見舞われる。ジェーンおばさんの妹の息子であるワルッシュは、ムーミンたちの遠い親戚。『ムーミントロールとジェーンおばさん』

スクルッタおじさん。『ムーミン谷の十一月』のデッサン画。

スクルッタおじさん

RUTTUVAARI

わしは少しも、死ぬ気はしないんじゃがね

スクルッタおじさんは、すべてを忘れたい老人。自分の名前も、彼に嫌な態度で接する親戚のことも、きれいさっぱり忘れたい。家を飛びだす習性のある数人を含む、スクルッタの仲間である。

紹介されてもすぐに名前を忘れてしまう人たちは、たくさんいるのです。彼らは、きまって日曜日にやってきます。スクルッタおじさんの耳が遠くないことをわかろうとしない彼らは、社交辞令を大声で叫びます。彼らは、そのほうが何の話をしているかおじさんにわかりやすいだろうなどと考えて、可能な限りシンプルに話そうと努めるのです。彼らは、おやすみと言って、自分たちの家に帰り、朝まで音楽を奏でたり、踊ったり、歌ったりします。彼らは、親戚なのです。　童話『ムーミン谷の十一月』

スクルッタおじさんと「ご先祖さま」の出会い。ご先祖さまは耳が聞こえないが、スクルッタおじさんと同じように杖を持っている。『ムーミン谷の十一月』

スクルッタおじさんにとって最悪なのは、親戚たちがスクルッタおじさん抜きでパーティーをすること。

ある日「金曜日か土曜日」に、彼は家を飛びだしてムーミン谷へ向かう。そこには、おじさんが好きな水の透きとおった小川があり、彼が一番最後まで残って参加できるパーティーが開かれる。ムーミン屋敷の洋服だんすのドアを開けた彼は、鏡の中から同情と尊敬のまなざしで彼を見つめる、同世代のご先祖さまに出会う。

スクルッタおじさんもまったくすべてを忘れたいわけではなく、たとえば楓や、水の中で輝く魚のパーチのことは覚えていたいのだ。父の日の代わりに、魚の日を壮大に祝いたいとおじさんは願う。

スクルッタおじさんは眼鏡を8個持っているが、使っていない。『ムーミン谷の十一月』

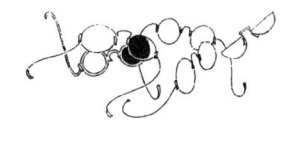

密輸者たち　SALAKULJETTAJAT

コミックス『ムーミントロールの危険な生活』で、ムーミンたちは再び密輸者たちと遭遇し、彼らが付近の洞くつに隠したウイスキーを見つける。間もなくウイスキーは偶然通りかかった警察署長さんに没収され、ムーミンたちを告発者だと勘違いした密輸者たちは、彼らに報復しようとする。ムーミンたちは大変な苦労をして、ウイスキーを密輸者たちのために取りかえす。密輸者たちは喜んで、ムーミンたちと乾杯するが、グラスの中身がただの紅茶であることに気がつく。このときウイスキーは、すでに署長さんが没収していたのである。

ムーミンたちは、洞くつで密輸者たちの秘蔵品を見つける。
『ムーミントロールの危険な生活』

ムーミンたちは、「告発者の運命」をたどってしまうのか……？『ムーミントロールの危険な生活』

スサンナ　SANNA

スサンナは、ムーミン作品で描かれる唯一の人間。スウェーデン語名はSusanna。

絵本『ムーミン谷へのふしぎな旅』で、スサンナはたいくつして草原に座りこみ、何か危険なことが起こるのを待ち望んでいる。願い叶って、魔法の眼鏡は彼女のねこを気の荒い化け物に変えてしまい、スサンナ自身をおどろくような世界へ連れていく。スサンナは火山のふもとで、ヘムレンさん、めそめそ、スニフ、トフスランとビフスランたちの仲間に加わり、冒険がはじまる（50 - 51、169ページの絵参照）。あやうく怪物に襲われそうになったところで、トゥーティッキの気球が一行を助け、危険は遠ざかり、美しいムーミン谷へ舞いおりる。そこでは、元に戻ったスサンナのねこがムーミン屋敷のドアの前で眠っていて、ムーミン世界の主人公たちが彼女たちを出迎えてくれる。

勇敢なスサンナの無鉄砲な旅は、トーベ・ヤンソンが描き執筆した最後のムーミン作品。物語は、山峡のふちからおばけの沼地を経て、噴火する火山の陰を横切り、ムーミン屋敷の花の美しい庭のパーティーにたどり着く。

原作の文は、スサンナ自身も、どこからどこまでが現実なのかわかっていないようなことを匂わせている。その一方で、彼女は自分でこの冒険をはじめたことを知っている。「これはすべて、わたし次第なんだわ」と、彼女は壮大な山脈を背景にして誇らしげに言う。

彼女の想像力の豊かさは、童話『ムーミン谷の十一月』で、ムーミン谷について自分に話して聞かせるホムサを思いおこさせる。

夜がくると、スサンナとねこはムーミンの世界を出て、家路につく。

湿地帯の沼で、スサンナは水鏡に映った自分の姿を見る。トーベ・ヤンソンのこの絵は、彼女の敬愛する画家ヨン・バウエルが挿絵を描いたギリシャ神話のナルキッソスを題材とした『妖精姫』を、パロディー風に描きかえたもの。また、スサンナは、トーベがこの絵本『ムーミン谷へのふしぎな旅』を執筆する11年前に挿絵を描いた、『不思議の国のアリス』の主人公アリスとも比較される。

Tove

流しの下の住人

SE, JOKA ASUU TISKIPÖYDÄN ALLA

ひとりぼっちの冬をすごすムーミントロールは、流しの下の住人と、仲良くなろうと努力するが……。『ムーミン谷の冬』

「あなたは、ブラシのようにふさふさしたまゆ毛をお持ちですね」

　ムーミントロールは、冬のたき火パーティーの終わりに、ある小さな生きものと、こう会話をはじめる（童話『ムーミン谷の冬』）。秘密めいた生きものたちが火を囲んで踊る中、この生きものだけはひとり黙って火を見つめている。他の見知らぬパーティーの参加者とはちがって、ムーミントロールは、彼に見覚えがあった。この生きものの目は、以前ムーミン屋敷の流し台の下からもじっと見つめていて、ムーミントロールは乾パンのくずで餌づけしようとしたことがあったのだ。

　しかし、たき火のそばで話しかけてみても、彼は「スナダフ、ウムフ」、そして怒った声で「ラダムサ」と答えるだけ。困惑したムーミントロールは「ラダムサ、ラダムサ」とくり返すが、それは大きな間違いで、生きものは腹を立ててしまう。ムーミントロールの言葉は、思いがけず、彼を深く傷つけてしまったのである。

ハリネズミ　SIILIT

　コミックス『ムーミントロールとネアンデルタール人』で、怒り心頭のハリネズミたちは、ムーミンたちが自分たちに無関心すぎると意見している。スカーフで頭を覆うかんしゃく持ちのハリネズミたちは、年配の世代を表している。ハリネズミ科は実際にも古くて特別な生きもの――おそらく、ムーミン作品のハリネズミたちも、このことを知っているのだろう。童話『ムーミン谷の冬』スウェーデン語版とフィンランド語版の脚注では、他にも「宿なしハリネズミ」について真相が述べられている。

> 　宿なしハリネズミとは、意思に反して、歯ブラシを準備する間もなく、早急に家を出なければならなくなったハリネズミのこと。
>
> 童話『ムーミン谷の冬』

　ハリネズミとちびのミイの関係は、なかなか複雑である。彼女によると、ムーミンママの卵入れは、「宿なしハリネズミにさえあげようとは、誰も思わないくらい」おんぼろだという。コミックス『家をたてよう』では、ちびのミイは、ハリネズミの古い墓石をムーミントロールの新しい家の土台に使うように勧める。

『家をたてよう』で、ムーミントロールは家の土台にするために必要な長方形の隅石をさがしている。

財団は、ハリネズミからぬけ落ちたハリの補償を目的とする。『ムーミントロールと孤児たち』

ハリネズミの親子は、ムーミンコミックスの中でも列になって歩いている。『おかしなお客さん』

ハリネズミの批判に、スノークのおじょうさんはショックを受ける。『ムーミントロールとネアンデルタール人』

キヌザル
SILKKIAPINA

彗星が落ちたあと、みんなの無事を喜ぶ。上・右上とも『ムーミン谷の彗星』初期の版。

キヌザルの笑い声は、「その体の大きさの10倍は大きい」。童話『ムーミン谷の彗星』の初期の版で、キヌザルがムーミントロールやスニフに向かってスモモを投げつけると、最初彼らはこわがり、次に腹を立てる。おバカで、自分勝手なキヌザルは、ムーミン谷の洞くつを見つける。洞くつの最初の発見者は、発見者を自分で名乗っているスニフではなく、キヌザルである。物語の終わりに彗星がムーミン谷に落ちてくるとき、キヌザルは何の心配もせずに森をうろうろしている。ムーミントロールは、最後の最後にキヌザルを、みんなが待っている安全な洞くつへと連れもどす。改訂された現在の版では、キヌザルはねこに変更されている（72ページ「ねこ」参照）。

インテリアデザイナー　SISUSTUSARKKITEHTI

ムーミン屋敷の「古風で趣のある」インテリアは、有名人になったムーミントロールにはもう似合わない。コミックス『黄金のしっぽ』で彼のマネージャーは言う。カエル顔のインテリアデザイナーは、モダンな空間をデザインし、そのバランスは決して壊してはならないと忠告する。たとえば、ソファーのテーブルの上にのせられた本には、それがかもしだすハーモニーのために、触れてはならないと言う。

『黄金のしっぽ』

クリップダッス／ニブリング　TAHMATASSUT

クリップダッスは原作のスウェーデン語名で、ニブリングは翻訳された英語名。同じ生きもののことを指す。

「ニブリングだ！」

おびえた叫び声がムーミン作品のあちらこちらから聞こえてきて、ニブリングが出現すれば、それは壊滅を意味する。彼らは、ボートの底を、船のロープを、目の前にあればヘムルの鼻までも、かじってしまう。彼らが去ったあとには、シロップのようなベトベトの跡が残る。1000匹もの頭を並べて大群で前進すれば、もう誰も抵抗できない。その「生きた絨毯」は、前進しながら、ヘムレンおばさん（童話『ムーミンパパの思い出』）や詩人（コミックス『ムーミン、海へいく』）を連れさってしまう。一方、このさらわれたふたりのことは、誰も特に助けようとはしないのだ。

ねずみなどの仲間である齧《げっ》歯《し》目《もく》の習性を持つニブリングは、門歯で水底にトンネルを掘り、「ゆかいなコロニー」を築く。彼らは、目の前にあるものにかじりつかずにはいられない。詩集『海のオーケストラ』は、特においしいらしい。

童話『ムーミンパパの思い出』でのニブリングは社交的で、ひとりでいるのを嫌がると言われている。その性格は、コミックス『おかしなお客さん』で、他の人のあとを絶えずついてまわるという行動に表れている。ムーミン屋敷に小包で送られてきたクリップダッスは、鍵穴から部屋の中をのぞいたり、窓から様子をうかがったり、箱の中やベッドのマットレスの下を探ったりして、住人たちの秘密をかぎまわる。

ぼくはただ、
ときどき
頭の中で、
いろいろな
ことが
ひらめくんだよ

コミックス『ムーミントロールとボーイスカウト』でのクリップダッスは、10代前半に成長している。クリップダッスは、キャンプファイヤーのそばでヤシの実ワインを楽しむ。そして、ガールスカウトのトュッテリの気を引こうとするムーミントロールのあとを、影のように追いまわす。「悲しいね。すごくいいやつなのに」と、クリップダッスは、恋の苦しみにのたうちまわるムーミントロールを横目にして言う。山火事を起こしたり、人に向けて花火を打ちあげるのは、クリップダッスの得意分野である。

ヘムレンおばさんがニブリングたちに連れさられるとき、金管楽器がうなるような音だけが聞こえる。
『ムーミンパパの思い出』

『ムーミン、海へいく』のクリップダッスたちの襲撃。

フルフィンスさんは喜ぶが、クリップダッスはかわいがられるのを拒む。『おかしなお客さん』

私たちの世界のニブリングたち、クリップダッスたち

ちびのミイのように、クリップダッスたちも、他人の隠しておきたい真実、特にほとんどの人が何かしら抱えている悪い癖を、公衆の目にさらす。しかし、ちびのミイとちがって、クリップダッスたちには、自分自身の人生と言えるものが少ししかない。彼らは、これと決めた人にくっついて、ボートを狙うサメのように追いまわす。近すぎる位置に寄ってくるため、彼らと話していると、一歩後ろに下がりたくなる。

最悪の場合、クリップダッスたちは他人のプライバシーを侵害する。それもわざとではなく、若すぎるから、経験不足だから、考えが足りないから、といつでも言い訳することができる。「ただ単に、そういうアイデアが浮かんだんだ」そう言って、彼らは後戻りできないような行為を肯定する。そんなクリップダッスは、小包に入れて送り返してしまいたくなる（コミックス『おかしなお客さん』）。それでも、クリップダッスたちは愛らしいときもあるので、ムーミンたちにはそんなことはできない。彼らを欲しがる人はいないので、かわいそうな存在でもある。

クリップダッスは、ボーイスカウトで必要とされる火をおこす基本の技術を練習するが、なんとガソリンを使って……。『ムーミントロールとボーイスカウト』

飛行おに　Taikuri

スウェーデン語名はTrollkarlen（魔法つかい）。

飛行おにの赤い瞳は、ルビーのように暗闇で光る。ルビーは、彼が何よりも欲しがっているものでもある。特に、トフスランとビフスランが見つけた世界で一番大きい宝石「ルビーの王さま」を、彼は童話『たのしいムーミン一家』でさがし求めている。飛行おには、黒いヒョウにまたがり、宇宙を越えてムーミン谷を目指すが、そこで彼は自分の姿をねずみに変えてしまう。暗く、物悲しげな飛行おには、「ルビーの王さま」と引きかえに、ダイヤモンドの山と「いろいろな宝石」がある谷を提供すると言う。

しかし、親切心を働かせることのほうが、確実に彼を目的に近づけることになるもので、心を動かされたトフスランとビフスランは、そのレプリカと引き換えに「ルビーの王さま」を彼にプレゼントする。

飛行おにの落とし物のシルクハットは、卵のからを雲に、砂を水に変える力を持っている。ムーミン童話3作となった本書のタイトルは、そこからきている。

（訳者注：スウェーデン語版およびフィンランド語版のタイトルは『魔法つかいの帽子』）

『たのしいムーミン一家』

私はただの、才能もない
ラファエル後派…
© BULL'S

ラファエル後派の画家は、自分が誤解されているように思うだけではなく、自分は才能がないと思いこんでいる。『ムーミントロールと芸術』

芸術家たち　TAITEILIJAT

芸術家たちには、些細なことでかんしゃくを起こす者もいれば、落胆する者もいる。彼らは、独立心を強調するが、誰かが何か興味深いことをすれば、わらわらと集まってくる。

あるときムーミンパパが、あやまってシャッターを押して撮影された写真で、コンクールに優勝する（コミックス『ムーミントロールと芸術』）。ムーミン谷は、同じ被写体を絵に描きたいと訪れた画家たちであふれかえる。彼らは、題材を牛に替えたムーミンパパのことを、原始主義者だと分析し、先駆者ととらえてライバル視する。特に、表現主義者たちは、貝がらを絵に貼りつけることをどうして先に思いつかなかったのかと、くやしがる。

この集団とは少々雰囲気が異なっているのは、劣等感に悩まされるラファエル後派の画家と、小さな筆でちょんちょんと絵を描く美術学者エメラウデ。

そんな十人十色の芸術家たちをひとつにすることができるのはお酒だけ。フィリフヨンカの芸術家パーティーは、乾いた空気の中で始まるが、ムーミンパパのヤシの実ワインで盛りあがり、最後には、消防団の噴射した水に芸術家たちが追われるようにして逃げだす。

あなたに伝授しよう。まず、りんごの木のムードに浸る！
そして、描きはじめたら、ひたすら描くのだ！
これは、りんごの木！
まぁ、そういうふうに見ることもできますが…
© BULL'S

どうやってりんごの木の魂に触れるか、ムーミンパパに実演している芸術家。『ムーミントロールと芸術』

ティーティ・ウー　Ti-ti-uu

　房になった毛の下に、臆病そうなふたつの目。気に留める必要もない、ちょうどそんな姿の生きものでした。

短編童話『春のしらべ』

『春のしらべ』

あなたが
何でも知って
いるのを、
ぼくは
知っています

やせっぽちのはい虫。3月の末、スナフキンがムーミン谷へ戻る途中のこと。たき火のそばに、1匹のはい虫が現れる（短編童話『春のしらべ』）。彼は、どうしようもなくスナフキンのことを敬愛している。スナフキンがコーヒーを淹れる様子を目でしかと追い、湧きでてくる質問を浴びせ、スナフキンがハーモニカをふいたり、歌いだしたりするのを憧れのまなざしで待っている。

最初彼には名前すらなく、それをスナフキンにつけてもらいたいと願う。しかし、ひとりの時間を邪魔されたスナフキンは冷たい態度をとる。

気まずさのあまり、はい虫が立ち去ろうとする直前に、スナフキンは名前をつけてやることにする。ティーティ・ウー。「はじまりは楽しそうで、あとは悲しげなウーに終わるんだ」と。このインスピレーションは、頭上で聞こえた夜鳥の鳴き声から得ている。はい虫は、名前をもらって完全に魅了される。もらったばかりの名前を思い、味わい、叫び、「その中にもぐりこみ」さえしながら、森の奥へと消えていく。名前は、彼にぴったりのものだったのだ。

スナフキンは翌日、旅の途中で罪悪感を抑えきれず、ついに林へと逆戻りして、もう一度はい虫をさがしだす。一緒に音楽を奏でるために、おしゃべりするために、彼のことにもっと興味を持つために。しかし、名前を得たティーティ・ウーは、もうそんな暇はないと言う。

「わかるかい？　ぼくにまだ名前がなかった頃は、そこらをただぐるぐる走りまわって、そこらを適当にかぎまわっていただけで、できごとはぼくのまわりでパタパタとはためいていただけだったんだ。——でも今、ぼくはぼくだから、起こるすべてのできごとも意味を持つんだ。——ぼくに起こるんだもの、ティーティ・ウーに。そして、ティーティ・ウーは物事をこうやって見たり、ああやって見たり——ぼくの言っていること、わかるでしょう？」

短編童話『春のしらべ』

『春のしらべ』のティーティ・ウーのデッサン画。

トフスランとビフスラン　Tiuhti ja Viuhti

トフスランとビフスランは、初登場するコミックス『ムーミントロールと地球の終わり』の中で、ぐるぐると走りまわる。おなかをすかせたふたりは、昆虫採集をするヘムレンさんのビンの中から発見された。トフスランとビフスランの話し方は、多くの人が理解できない。それでも、ふたりは他の人の話を理解する。スウェーデン語名は、Tofslan och Vifslan。

「自分こそスラねずみのスラくせにスラ」
「へぇ、しかも外国人ときた」スニフは言いました。　童話『たのしいムーミン一家』

童話『たのしいムーミン一家』の中で、トフスランとビフスランは、秘密めいたスーツケースを持ってムーミン谷にかけこんでくる。スーツケースの中身は、「ルビーの王さま」。これがトラブルの発端だった。ただひとり、ふたりの言葉が理解できるヘムレンさんが通訳を務める。トフスランとビフスランのあとを追って、自分の財産を取り返そうとするモランもムーミン谷へやってきた。モランがスーツケースの代わりに飛行おにの帽子を受けとることで一件落着となるが、トフスランとビフスランはまた別のカバンを盗んでしまう。それは、ムーミンママのハンドバッグで、ふたりのちょうど良い寝床になる。

ハンドバッグの捜索にはムーミン谷じゅうの人々が参加し、大さわぎになるが、ふたりがママのハンドバッグを返すと発見者だと勘違いされたまま、お祝いの「8月の大パーティー」が開かれる（107ページの絵参照）。

トフスランとビフスランやムーミントロールは、「ルビーの王さま」の輝きに心を奪われている。『たのしいムーミン一家』

童話の中でのヘムレンさんは、コミックスよりも、トフスランとビフスランに親切に接する。『たのしいムーミン一家』

トフスランとビフスランは、実は思いやりのある生きものだ。ムーミンママが悲しそうにしているのを見ると、すぐに彼女のハンドバッグを返し、スナフキンを恋しがるムーミントロールには、きらきら光るルビーを見せて一瞬だけでも元気づけようとする。宝石を断固として守ろうとするが、最後には飛行おににあげることにする。飛行おには、やさしくて哀れだとふたりは思ったからだろう。

トフスランとビフスランになってみよう

まず友達を見つけて、同じ格好をする。ふたりにふさわしい語尾につける言葉を考え、独自の話し方を考案する。この語尾は、言葉遣いが荒いときにも使うこと。ふたりで腕を組み、ぴったり寄りそって一緒に出かける。空いているほうの手は、全部の指がしっかり見えるように宙に広げ、ジャンプしながら、前に進むこと。足はときどきひざをあげるようにして動かす。がに股が理想。バスや電車を待っているときや、朝まで続くパーティーなど、あらゆるところで踊る。ふたりは片時もお互いから離れてはいけない。

どっちがどっち？

トフスランは赤い帽子をかぶっていて、ビフスランは何もかぶっていない。ふたりはとてもよく似ていて、ちがいと言ってもビフスランのほうがほんの少しだけストレートな物言いをするということくらい。トフスランとビフスランは、多くのムーミン作品の中でダンスを踊っている。ふたりのモデルになった、トーベ・ヤンソン（トフスラン）と舞台監督のヴィヴィカ・バンドレル（ビフスラン）もかつて楽しそうに踊っていた。トーベとヴィヴィカにも、自分たちで考えたふたりだけの話し方があったと言われている。

トフスランとビフスランは、『ムーミントロールと地球の終わり』で初登場する。はじめふたりは酸欠になりかけていたが、すぐに元気を取りもどす。スウェーデン語の原作では、「sla（スラ）」を語尾につけて会話する。（訳者注：フィンランド語訳では語尾に「ti（ティ）」がつく。日本語訳のコミックスでは語尾にスラ、童話では一部の語の入れ替え）

トフスランとビフスランは、レモン水を飲むときに話しあう。「くそうまいスラ」とビフスラン。「まあスラ、何てことスラ」と、トフスラン。「きたないスラ言葉をスラ、くそいっぱいスラ使っているスラ！」

シュリュンケル博士は、イチジクの茂みの中の空いている家に引っ越す。

シュリュンケル博士
TOHTORI SCHRÜNKEL

シュリュンケル博士は、コミックス『イチジク茂みのへっぽこ博士』に登場する精神科医。クロットユールを男らしくさせ、自信を持ってもらうために、ムーミン谷へ呼ばれる。この目的は果たされないままとなるが、代わりに警察署長さんやフィリフヨンカたちにおかしな診察をして、またまた大騒動が起こる。

ムーミンたちの住まいを見たシュリュンケル博士は、彼らを患者として診断する。彼は、ムーミン屋敷の縦長の塔も、丸い窓も、悪性の独立病のシンボルだと言う。直ちに隔離されたムーミンたちを救うために、クロットユールは、檻の鍵を爆破する。衝撃を受けて気を失った博士は、それ以来精神科医はやめて、ふつうの「錠剤や粉薬を出すだけの医者」になる。

そこらじゅうに
ひどい
シンボルが
あふれて
いるのじゃ

爆発がきっかけで、シュリュンケル博士は薬を処方するだけの医者になる。変化は彼の逆立った髪にも表れている。

シュリュンケル博士にムーミン谷に留まってもらえるよう、ムーミンたちは陸でボートをこぎ、自分たちの精神が病んでいるふりをする。

すべて『イチジク茂みのへっぽこ博士』

記者たち　TOIMITTAJAT

『黄金のしっぽ』

ムーミン谷で何かが起こると、記者たちが現場にかけつける。センセーションを巻きおこした大事件は、ムーミントロールの金色のしっぽ（コミックス『黄金のしっぽ』）と、ムーミン谷で発掘された金（コミックス『ムーミン谷の宝さがし』）。

ムーミントロールの金色のしっぽは、記者によってさまざまな角度で撮影される。インタビューをもとに記者は独自の記事を書きあげる。「黄金のしっぽは、瞑想と冬風呂が生みだした結果」や「ムーミンはむしろハリネズミを彷彿させる」など。後者のエピソードでは、本当は砂粒ほどの金も見つかってはいないのだが、記者の手にかかればちょっとした日々の営みも、黄金郷エル・ドラードを見つけたムーミンたち、とニュースで報道される。

コミックス『ムーミン谷の大スクープ』では、ムーミンたちが自分自身でも新聞を作ることに挑戦する。ムーミンたちの新聞は、すでに発行中の「日刊ムーミン谷新聞」と、同じ読者を取りあうことになる。記者ロイターやタスは、ムーミンたちの信頼を裏切り、まったく同じネタを日刊新聞にも売りこむ。

『ムーミン谷の宝さがし』

チューリッパ　TULPPAANA

チューリッパは、青い光を放つ髪の少女。ムーミンママとムーミントロールとスニフは、暗い森の中を進みながら、道を照らすために、光るチューリップを1本手にする。このチューリップの中からあらわれた美しい妖精（童話『小さなトロールと大きな洪水』）。チューリッパの鮮やかな青い髪は、恐ろしい水へびを寄せつけず、火の粉をふりまき、たき火に火をつけるときにも役立つ。

花咲く野原にたどり着いたムーミンママたちの一行は、赤い髪の少年に出会う。彼はこの旅人たちに海のプディングを勧める。青い髪の少女と赤い髪の少年は、お互いの髪に一目惚れし、チューリッパは、海を渡る旅人たちに光を示すために、少年の塔に残って暮らすことになる。

やさしく、救いの手を差しのべるチューリッパは、カルロ・コッローディの童話『ピノキオの冒険』から影響を受けている。

トゥーティッキ／おしゃまさん　TUU-TIKKI

春がくると、おしゃまさんは手回しオルガンを鳴らす。『ムーミン谷の冬』

コミックスでは原作名のトゥーティッキ、童話では日本語訳のおしゃまさんとして登場するが、同じキャラクター。ムーミントロールの友達で、童話『ムーミン谷の冬』では、唯一の友達と言える。ムーミントロールが初めて彼女を見たとき、彼女は雪のくぼみに立ち、口笛を吹いて変わった歌をムーミントロールに聞かせた。

> 「雪玉のランタンを作ったおしゃまさんの歌よ」くぼみから声がしました。「でも、サビではまったくちがうことがテーマになっているの」
> 「なるほどね。わかるよ」ムーミントロールは言いました。
> 「わかっていない」おしゃまさんは、やさしく言いました。「だって、サビはきみには理解できないことがテーマになっているんだもの」
> 童話『ムーミン谷の冬』

**すべては、
とても
不確かなもの。
でも、
そうあることが、
私をとても
安心させるの**

おしゃまさんは、何もかも不確かであることに興味を持つ。その一方で、彼女はストレートで、感情にまかせたものの言い方はしない。ムーミントロールが、夏に育つりんごの木を恋しがれば、おしゃまさんは「でも、今育っているのは雪の山でしょう」と言う。すべてを理解することはできないし、だからといって何でもかんでも不安がって抱えこまないほうが良い。冬には、誰にも知られずにひっそり暮らしたい生きものが存在する。それでも、おしゃまさんは、流しの下の住人や、彼女と一緒に浜辺の水あび小屋に住んでいる、8匹の姿の見えないトガリネズミのことも知っている。

ムーミントロールはときどき、おしゃまさんは彼のことをわかってくれていないと感じる。ムーミントロールの最初の冬がつらくても、おしゃまさんはなぐさめようとはしない。

「自分自身で、すべてを解きあかしていかなくちゃならない」と、おしゃまさんはのちに言っている。「そして、ひとりで乗りこえなくちゃ」

おしゃまさんによれば、あまりにたくさんのことを夢見ていたり、思い出したりしていると、なかなかうまくいかないそうだ。

それでも、おしゃまさんはムーミントロールや他の何人かのことも、ほんの少しは気にかけているようである。

おしゃまさんとムーミントロールが、『ムーミン谷の冬』で初めて出会う場面。

氷の下で釣り糸をたらすおしゃまさん。『ムーミン谷の冬』

氷姫がとてつもない寒気とともにやってくる前に、おしゃまさんは外で跳びはねているリスに忠告する。美しいしっぽのリスは、忠告を聞かず、ぼんやりとしたまま外に残ってしまう。おしゃまさんが室内に連れてきたときには、すでに氷姫がリスの耳の後ろをくすぐったあと。リスは手足を伸ばしたまま固まっていて、もう目を覚まさせることはできなかったのである（読者の中には、リスが生きかえるとすでに考えている人もいるだろう。童話『ムーミン谷の冬』には「もし泣きだしそうになってしまったら、いますぐ○○ページをご覧ください！　作者の注意書き」という、有名な脚注がある）。

そういうこともあるさ

死には、ふさわしい態度で接するおしゃまさん。リスのしっぽでマフを作るのはかまわないとちびのミイに言うが、その一方で葬式には参列する。ムーミントロールの望みどおり、きちんと形式を尊重した形で。リスは土になり、そこに生える木になり、若いリスたちが枝の上を走りまわると彼女は話して聞かせ、ムーミントロールの悲しみをやわらげようとする。やがておしゃまさんが作った雪の馬は、動きだしたかと思うと、あっというまにはるか彼方へリスを背に乗せたまま走りさっていく。

トゥーティッキは、とても器用で、いつも小型ナイフを腰に下げている。コミックス『ムーミン、海へいく』では、ムーミンコミックスの題材になる冒険をはじめるために、船を丸ごと作ってしまう。

トゥーティッキには、ムーミンパパがなぜ自分で自分を悩ませるようなことをするのか、理解できない。『ムーミンパパの灯台守』

トゥーティッキは、船について何でも知っている。『ムーミン、海へいく』

モデル

トゥーティッキのモデルになったのは、長年にわたりトーベ・ヤンソンのパートナーだった、グラフィックアーティストのトゥーリッキ・ピエティラ(Tuulikki Pietilä 1917-2009年)。ムーミン作品のトゥーティッキの存在感からはすぐに性別を判断できないが、スウェーデン語版ではhon、つまり三人称で「彼女」と書かれている。

ムーミンたちは彼女の従順な助手を務め、彼女も彼らの失敗は大目に見る。

コミックス『ムーミンパパの灯台守』では、トゥーティッキがバラの格子棚を組みたて、小さな鳥たちの墓を掘り、ミニチュアサイズの帆船をこしらえる。彼女は、技術的な面でおばけにも助言する。

彼女が感情をあらわにすることはほとんどない。挿絵の中ではたいてい小さく微笑んでいて、穏やかな、ちょっと疲れたまなざしで見ているだけ。人々の注目を集めようとはせず、ときどき人々のドタバタにうんざりしつつも自分の役目を知っているようである。ムーミントロールがちびのミイを助けに氷の上を飛んでいくときは、おしゃまさんはやかんでお湯を沸かしにいき、ため息をつく。

> 冒険物語では、いつもこうね。助ける者と助けられる者がいる。どうして誰も、ヒーローを後ろから支える人たちについては書かないのかしら。
>
> 童話『ムーミン谷の冬』

春にムーミン一家に明けわたすために、水あび小屋の窓をふいている。『ムーミン谷の冬』

トュッテリ　TYTTELI

「枯れ草のように黄色い髪、ぼくのエナメルのコップのように青い瞳」

ガールスカウトの女の子の存在に気づいたムーミントロールは、こう考えて目を見開く。彼女は、コンパスを手に少々高慢な態度でオリエンテーリングに参加する（コミックス『ムーミントロールとボーイスカウト』）。彼女に会うために、ムーミントロールもボーイスカウトに入団する。いずれにしても、ガールスカウトの団体には、ムーミントロールは入れてもらえず、花束や乙女さらいなどの典型的な方法はトュッテリには効果がない。最終的にはトュッテリも心を開くが、スノークのおじょうさんの企みがふたりの仲を邪魔する。

次に、アウトドアでの知識や技術の腕が自慢のエフライムが、新しくボーイスカウトに入団してきて、トュッテリの関心を引く。ムーミントロールは、トュッテリをめぐってエフライムと対決するが、トュッテリはふたりのどちらかを選ぶという状況が耐えられない。彼女は結局、どちらも選ばず、ガールスカウトも辞めて、民族舞踊をはじめることにする。

ガールスカウトの団長のミス・ブリスクは、教訓のためにトュッテリを川に投げこむ。後方左は、ライバル同士のムーミントロールとエフライム。

ムーミントロールは、トュッテリを自分のたき火に誘うが、トュッテリはソーセージを焼くにはたき火が小さすぎると言う。左・上ともに『ムーミントロールとボーイスカウト』

年とった男の人　VANHA HERRA

ムーミンママとムーミントロールたちは、行方不明のムーミンパパと、冬がくる前に家を建てる場所とをさがしていたが、切り立った岩山のふもとでどうすることもできず立ち往生してしまう（童話『小さなトロールと大きな洪水』）。そこに声をかけてきたのが、年とった男の人。シルクハットをかぶった彼は、岩山の内側に自分の世界を築いている。

みんなが招かれて、エスカレーターで中に入ると、人工の太陽とアイスクリームの雪が待ちかまえていた。ムーミントロールとスニフは、チョコレートや菓子パンを食べすぎておなかをこわしてしまう。年とった男の人は、彼らにシュークリームの家に移り住んでもらいたいと願う。しかしムーミンママは、子どもたちに必要なのはお菓子ではなく、あたたかい食べ物だと考え、その申し出をていねいに断る。年とった男の人は親切に、ジェットコースターに乗って岩山を出るようにと一行を送りだす。

孤独な年老いた紳士の王国は、ある意味での「怠け者の国」。『小さなトロールと大きな洪水』

フィリフヨンカ　Vilijonkat

『この世のおわりにおびえる
フィリフヨンカ』

「家事と女性の健康管理が得意分野ですの」

コミックス『ふしぎなごっこ遊び』で、フィリフヨンカは、新しいご近所さんのムーミンママに自己紹介する。フィリフヨンカたちが掃除狂であることは、一目瞭然。彼女たちの家では、すべてが非の打ちどころのない正確さで整理整頓されている。コーヒーセットは派手で、室内は小さな害虫まですべて駆除済み。フィリフヨンカたちは、自分は他の人たちより少し優れていると考えている。首元までボタンのとめられたワンピースを着て、アクセサリーの真珠は本物らしい。また、家事や子育てを完璧にこなすので、他の人にも喜んで助言をする。しかし、ときどき彼女たちもうっかりして、収拾がつかない状況に追いこまれることがある。そんなときは、家から外へ飛びだす。髪をふり乱して、両腕をあげて、海辺を走りぬける。フィリフヨンカの中では、さまざまな性格が不思議なコンビネーションでまじりあう。節度があり、礼儀を重んじるが、その一方で落ちつきを失い、大胆にもなる。

最初のフィリフヨンカは、絵本『それからどうなるの？』の中をかけぬける。窓のような穴から落ちてきたムーミントロールたちの下敷きになり、おどろいたフィリフヨンカは絵本のページをぶち破って逃げてしまう。

「本のページには、なんとも大きな穴が残りました。ここから飛びだして、逃げていったのです！」

絵本のページの穴からは、次のページで波にもまれながら走りまわっているフィリフヨンカと、彼女の赤いワンピースが、木の枝ではためいている様子が見える（右ページ）。

『ムーミン谷の夏まつり』

童話『ムーミン谷の夏まつり』のフィリフヨンカは、親戚づきあいを重視する。夏至祭には毎年、おじさんのフィリフヨンクとその妻エンマを家に招待してきたが、ふたりは招待状に返事をよこしたためしがない。それでも彼女は食事の用意が整ったテーブルに座り、待ちつづける。

ムーミン童話のフィリフヨンカたちは、たいてい何らかの方法で解放される。憤慨するフィリフヨンカの夏至祭も、たまたまドアを叩きに来るムーミントロールとスノークのおじょうさんのおかげで救われる。「代わりに愉快な私たちを招待してもらえないかしら？」と、スノークのおじょうさんはたずね、フィリフヨンカの人生においての新たな一章がはじまる。

フィリフヨンカは、夏至祭のたき火のまわりで踊り、歌う。

フィリフヨンカは芸術パーティーを開く。『ムーミントロールと芸術』

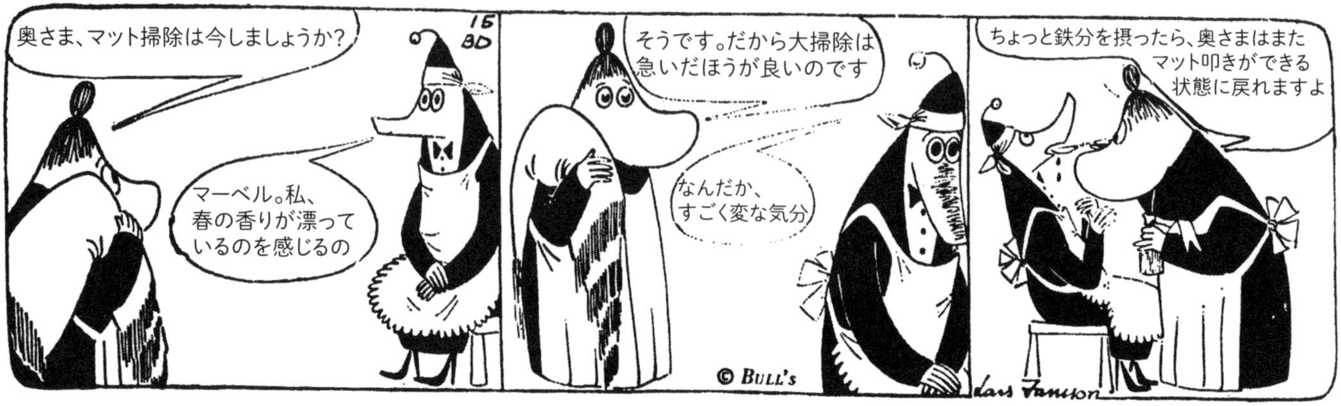

フィリフヨンカは春の気分でいっぱいになり、家政婦のマーベルは心配になる。『春の気分』

フィリフヨンカの文通相手、ランドリーさん。フィリフヨンカだけでなく、家政婦のマーベルやガフサ夫人など、近所の他の女性の心もとりこにする。のちにフィリフヨンカの財産を狙った詐欺師だということが発覚する。『春の気分』

「もう二度と、おじさんも、その奥さんも、招待したりしないわ！　二度と、もう二度と！　ピンプラ、パンプラ、プン！」

フィリフヨンカの真の突破口は、自身が主人公である短編童話『この世のおわりにおびえるフィリフヨンカ』で開く。彼女は陰気な海辺の家に、他のフィリフヨンカたちと同じように、ひとりで暮らしている。フィリフヨンカ一族にとって、家は、親戚からの期待と同じように重要なものだが、なぜかいつも何かで失敗してしまう。このフィリフヨンカは、彼女の祖母がそこで毎年夏を過ごしていたと聞き、自分も移り住んでみる。

> そうして、フィリフヨンカはやはり、すべては勘違いだったということを知ったのでした。彼女は、このひどい海岸に、ひどい家に、意味もなく移り住んでしまったのです。彼女の祖母は、まったくちがう家で暮らしていたのでした。人生とは、そういうものなのです。

フィリフヨンカが恐怖に翻弄されるとき、パールは散らばり、スカートははためく。『この世のおわりにおびえるフィリフヨンカ』のデッサン画。

家はフィリフヨンカたちにとって財産だが、家にまつわる苦境もまた、彼女たちの人生には欠かせないものである。フィリフヨンカは、住まいを家らしくするために物の整理を試みるが、どうしたら良いかわからない彼女自身と同じように、彼女の物も途方にくれているように見える。

また、彼女たちの身には、窓に関連するトラブルが何度も起きている。フィリフヨンカはどこへ引っ越そうとも、引っ越し先の窓が北向きであることに気づいてショックを受ける。短編童話のフィリフヨンカの家の窓は大きくて、重々しい――そこから簡単に外が見えたり誰かが中をのぞきこめたりするような、そういう窓ではない。

それでも、窓辺で新たなチャンスが開けることがある。窓を嵐がぶち壊したとき、彼女は何も考えずに雨の中へ飛びだす。海辺をはいずりまわってみて、「危険なのは家の中だわ。外じゃない！」と実感するのだ。

童話『ムーミン谷の十一月』のフィリフヨンカは、窓の掃除をしているときに鍵が閉まり、中に入れなくなってしまった。隙間に挟まっていた雑巾のおかげで、ようやく家の中に戻れる。そのとき外側から家を見てみたことで、彼女はその内側からも以前とはちがったふうに家を見るようになる――つまり、そこから出ていきたいと願い、行動を起こす。

コミックスのフィリフヨンカは、ムーミン谷の他の女性キャラクター、特にムーミンママ、スノークのおじょうさん、ガフサ夫人の存在とは対極に位置する。フィリフヨンカの「完璧に整えられていて、

『ムーミン谷の十一月』

フィリフヨンクとフィリフヨンカの写真。舞台監督のフィリフヨンクは、鉄のどんちょうが頭に落ちる事故で亡くなっている。『ムーミン谷の夏まつり』

塵ひとつない」家を目にしたムーミンママは、一時的に劣等感を抱える。

フィリフヨンカは、スノークのおじょうさんと、おしゃれの感性を競う。運の悪いことに、ある日ふたりは同じようなパーマをかけ、まったく同じ帽子をかぶる。

ガフサ夫人は、一緒にお茶を飲む、フィリフヨンカの隣人。フィリフヨンカのお茶会では、控えめに話をし、内容は天気か家事の詳細についてのみである。一度、フィリフヨンカはちがう話を持ちだそうとしたが、ガフサはそれに応えてはくれない。

> 「風のことを話しているのね」フィリフヨンカは急いで言いました。「洗濯物を飛ばしてしまう風のこと。でも私は、サイクロンの話をしているの。台風のことよ、ガフサさん。竜巻、暴風雨、ハリケーン、砂嵐のことを話しているのよ——。でも、それ以前に私自身の話をしているんだわ。上品ではないと、わかっているけれど。これは悪い方向へ向かっていくって知っているわ。ずっとそのことばかり考えているもの。マットを洗っているときも。おわかりになって？　あなたも同じように感じていらっしゃるかしら？」
> 「そういうときは、お酢が効果的ですわよ」ガフサ夫人は、ティーカップをじっと見つめながら言いました。「すすぎの水にほんの少しお酢を入れると、マットの色がもちますの」
> 短編童話『この世のおわりにおびえるフィリフヨンカ』

ときどき、フィリフヨンカたちは、説明のつかない恐怖にかられる。そういうとき、彼女たちの頭の中は恐ろしい壊滅のビジョンでいっぱいになってしまい、掃除をすることでぐらいしか、そこから抜けだせなくなる。

短編童話のフィリフヨンカは、美しい夏の日に自然災害のことが頭から離れなくなり、童話『ムーミン谷の十一月』のフィリフヨンカは、害虫が彼女に襲いかかろうと企てている気がしてしまう。「やつらは、足をカサカサ、こうらをカタカタとさせて、触角をふるわせて、白いやわらかいおなかを引きずって、脱走してくるんだわ……」最後には、フィリフヨンカたちは我慢できなくなり、見境のない暴走をはじめる。

コミックスのフィリフヨンカは、童話に登場するフィリフヨンカたちよりも、自分の感情をコントロールしている。ただ、彼女が逸脱するときは、場所を選ばず徹底的に常識の道からそれる。たとえば、春の大掃除を丸ごとサボって、ソファーやテーブルを庭に引きずりだし、午後の紅茶にはジンをたらす。彼女は、白樺の木に抱きつき、ダムを作り、バラが煮えたぎるほど熱い恋をする。こうしたフィリフヨンカの変化は、幸いムーミンママの家庭薬が起こしたもので、効果が切れると再びすさまじい勢いで掃除をはじめる。

ムーミン作品のフィリフヨンカたちは一度解放されると、二度と以前のようには戻りたくないと願う。「もし、ましな気分になりたいのならね」と、コミックス『春の気分』

で淑女協会の会長を辞めさせられる前に、フィリフヨンカはつぶやく。短編童話のフィリフヨンカは大嵐がやってくると、一瞬ふるえるが、すぐにその威力を楽しみ、竜巻に乗って天に吹きとばされる財産も少しも惜しいとは思わなくなる。

ときに自分自身のことも笑いとばし、跳ねたり、踊ったり、口笛を吹いたりするのだ。

しかし、最初から幸せなフィリフヨンカなど、存在するだろうか？　実は、少数の作品には一瞬だけ登場している。絵本『さびしがりやのクニット』では、平静でポジティブなフィリフヨンカが、きれいな服を着て、花で飾られた舟に乗っている。フィリフヨンカらしく彼女は独りだが、精神的に安定している面持ちだ。もうひとりの落ちついたフィリフヨンカは、ムーミン一家が持っている「窓辺のフィリフヨンカ」という名の絵画に登場する。フィリフヨンカたちは誰もが問題を抱えているが、一度暴走したあとで幸せを見つけることに、みんな成功している。

危険が迫っているときに、新しい帽子で何ができると言うのかしら? 壊滅するときは、古い帽子でも同じよ

私のスタイルを真似するなんて、かわいらしいこと
同じくらい年老いて、経験豊富に見せようとしただけよ

ざまあみろだわ
Tove Jansson

ともに『黄金のしっぽ』

私たちの世界のフィリフヨンカたち

私たちの世界のフィリフヨンカたちも、掃除や清潔さを追求している。掃除が必要な汚れた場所があるかないかに関係なく、常に自身のために掃除をする必要があるのだ。すがすがしい晴天の日に、彼女は棚の整理に取りかかり、すばやく確かな手つきで片付けていく。

彼女たちは、分譲マンションの管理組合に高額な地下室の改装をさせる人たちでもある。「すばらしく、徹底的な大掃除」は、彼女たちに認められる特権であり、その権利は誰も奪うことはできない。フィリフヨンカの掃除熱は、どこでいつ暴走しだすかわからない。そんなとき他の人には、救えるものを捨てられないようにすることしか手立てがない（ムーミン作品の中には、大掃除のときに行方不明になった両親もいる）。自制心を失い、独特の恐怖心が表に出てくることもある。いつ掃除したか記憶にない棚が存在するのは、恐ろしいことである。そんなときミムラは、「ここに恐ろしいものがあるとしたら、それはなんでもかんでも捨てようとする私たち自身だわ」と声をかける。ミムラたちが、家事について理解できたためしはないので、フィリフヨンカは聞こえないふりをするだろう。

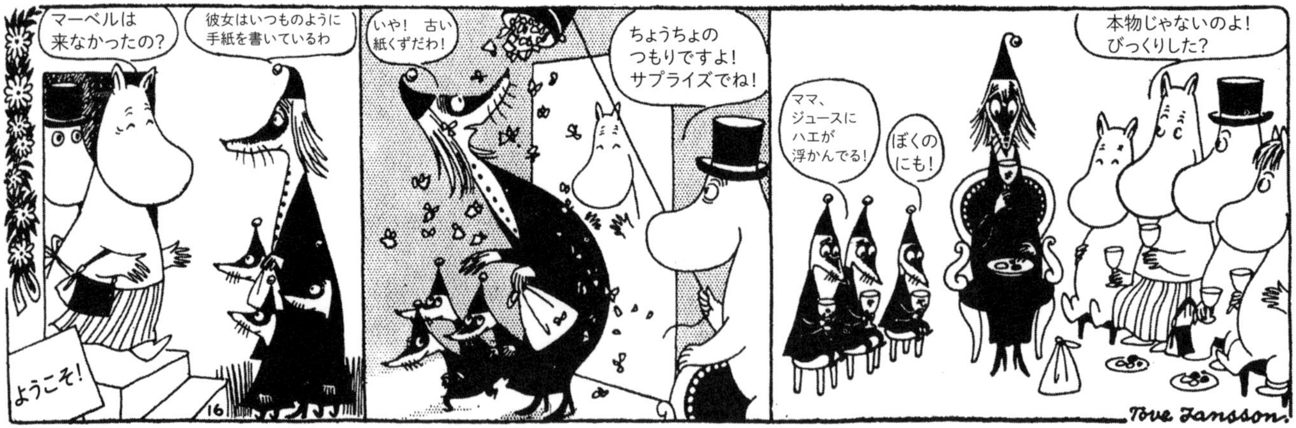

フィリフヨンカと彼女のクローンのような姿の子どもたちは、ムーミン屋敷に招待される。子どもがいるのは、コミックスのフィリフヨンカのみ（彼らの父親については知られていない）。『ふしぎなごっこ遊び』

フィリフヨンカになってみよう

自分の家や他人の家から、掃除すべきところや改装すべき場所をさがしつづける。人の家にお邪魔したら、その家の改善すべき点を指摘し、すぐに手を施さなければならないと伝える。また、自分の家にお客さんが訪ねてきたときは、改善した個所を見せる。クローゼットはその内側もチラッとご披露すると、誰もが物がきちんと積みかさねられた様子をうらやましく思うだろう。最も大切なのは、その裏側も整理され、転がっているものはないということである。

自分の人生が模範的で清潔であることを、他の人にもよく理解させること。日曜日の散歩に出かける隣人に出くわしたら、空が曇る前に、海や湖畔で長距離のウォーキングを楽しんできたと話して聞かせ、前日しっかり掃除をしたので、清潔な香りのする家に帰るのは素敵だと伝える。隣人が掃除をしているのを目撃したら、徹底的にこなして最大の効果が出るよう、アドバイスを与えよう。

もし、家事に関連しないことが頭に浮かんだら、衣服に穴をあけるカツオブシムシの駆除に早急に取りかかろう。他の人が恋しくなった場合は、シーツがしまってある棚を開けてみる。きれいに折りたたまれたシーツを他の人に使われたくない、という気持ちになり、人恋しさは消え去るだろう。誰かを招くのは、家具を動かしてもらいたいとき程度にしておく。人は、いろいろな物をあとに落としていくもの。そのときは、彼らの歩いたあとを、掃除機で吸って、雑巾をかければ良い。そしてまた、部屋のインテリアや改装の対象になっている部分を見せる。または、降参して、数日前の天気がすばらしく良かったことについて、話に花を咲かせてしまうのも良い。

おばあさんの世代のフィリフヨンカたち

フルフィンスさんは、コミックス『おかしなお客さん』でムーミン一家のもとを訪ねてきた、風変わりな老婆。フルフィンスさんは、精一杯迷惑をかけないようにして、結局非常に迷惑をかけてしまう。ムーミンママは無理やりベッドから起きあがらなければならなくなり、冬眠どころではなくなってしまう。フィリフヨンカたちとちがって、フルフィンスさんはマットの下にゴミを掃きためるタイプ。しかし、フィリフヨンカのように、彼女にもおどろくべき一面がある。フルフィンスさんは、屋根裏部屋で葉巻たばこを吸い、戦争ごっこをして遊ぶ。フィンランド語版でフルフィンスさんは、ヌットゥラ（おだんご頭）さんという名前でも登場している。

クリップダッスが、フルフィンスさんの趣味であるスズのおもちゃの兵隊について知ってしまったのは、ちょうど騎馬隊が前線攻撃をしたとき。『おかしなお客さん』

ムーミントロールがトリッフルさんを事情聴取している。彼女は、のちに犯罪者であることが明らかになる。『探偵ムーミン』

トリッフルさんは、フィリフヨンカの姿をしたおばあさん。彼女も、フルフィンスさんと同じように、無害な顔をしている。しかし、実はプロの犯罪者で、雪の降るムーミン谷をそりですべりまわる。週末のお客さんとしてムーミン屋敷に滞在中、彼女はフィリフヨンカのパールのネックレスを盗む。トリッフルさんは捕まえられるが、果たしてフィリフヨンカのネックレスは本物のパールだったのだろうかという疑問が残る。同じ疑問は、コミックス『ムーミン谷の大スクープ』でも取りあげられる。

ウィムジー　VINSSI

ウィムジーは、ムーミンパパの古い友人で、コミックスの中にのみ登場している。彼に再会したムーミンパパは、ノスタルジックな思いに心を奪われる。「ウィムジー、懐かしいお調子者よ」と、ムーミンパパは叫ぶ。ウィムジーの姿はパパに、ひと昔前のボヘミアンな生き方を思い出させる。どこへ行くにも何をするにも彼らはワイルドで、ポートワインで気持ちが悪くなるようなこともなかった時代。彼は、現在もときおりムーミンパパの人生に活力を加える。責任を伴う新しい会社を立ちあげたばかりのムーミンパパを、カードゲームの集まりに連れていく。加えてこの仲良しふたり組は、昔のいたずらや武勇伝をくり返そうとする。一度彼らはスパイの大冒険に巻きこまれたこともあるが、たいていの場合は一緒にお酒を飲んでいるだけである。

その一方で独身のウィムジーは、心休まる家族生活や料理の香り、穏やかな出来事を恋しく思う。ムーミン屋敷を訪れると、彼は好んで食卓の下で寝る。そこから、夜のパーティーまではそう遠くないし、家族が朝食に集まるときも彼はくつろいでその輪の中に存在することができる。しかし逆に、ウィムジーが乗り気ではないときに、ムーミンパパが彼を冒険に引っぱりだすこともある。

ウィムジーは、ムーミンパパを説得するのがうまい。『ムーミン谷のきままな暮らし』

ウィムジーとその仲間たちは、ムーミンパパを窮屈な仕事の道から外れさせようとする。『ムーミン谷のきままな暮らし』

ムーミンパパとウィムジーは、カクテルパーティーで思う存分はしゃぐ。『黄金のしっぽ』

スクロデはムーミンとウィムジーを足した名前で古き友人のことを思い出そうとする。『ムーミンパパ、年老いる』

ときどき、ウィムジーとムーミンパパの求めるものが異なることもある。『ムーミンパパとひみつ団』

公務員や役人
VIRKAMIEHET JA TOIMIHENKILÖT

公務員たちがムーミン谷を訪れるときは、たいてい良くないことが起こったとき。税金を取りにきたり、保険をめぐることだったり、彼らが定めたとおりにムーミンたちが生活を営んでいるかどうか確かめにきたり。典型的な公務員の格好には、黒い上着、帽子、カバン、または傘が用いられている。一方、秘書やレジで働く店員たちは、フィリフヨンカを思わせる鼻が特徴的。

スノークのおじょうさんが賞金を受けとりにくる。

…そして銀行では、賞金の多額さに銀行員におどろかれる。
『ムーミントロール、お金持ちになる』

コミックス『ムーミンパパとひみつ団』に登場する、公務員の面々。ムーミンパパとウィムジーは、部屋から部屋へ、たらいまわしにされる。

収税人は、ムーミン一家が少しも抵抗しないことを不審に思う。『ムーミントロール、お金持ちになる』

この収税人は、ムーミン谷の地下室に閉じこめられる。のちに、彼は多すぎるほどのダイヤモンドを受けとる。『魔法のカエルとおとぎの国』

ムーミンたちの経済アドバイザーは、感情的に仕事をする。『ムーミントロール、お金持ちになる』

公務員や役人は、ムーミンたちを困惑させることがほとんどだが、ときには話を聞いてくれることもある。

ディストレンさんは、ムーミンたちがお助け生命保険に申しこむように、予期せぬ危機について話している。『ムーミン谷のきままな暮らし』

灯台監視員は、ムーミンパパの灯台守の全権を取りあげる。『ムーミンパパの灯台守』

『ムーミントロールと海水浴場』で、大臣は建築許可管理人よりもきちんと話を聞いてくれる、とスノークのおじょうさんは思う。

はい虫のサロメちゃん
ÖTÖKKÄ SALOME

はい虫のサロメちゃんは、とてもこわがり。ムーミン屋敷の鏡にもおびえてしまう。ムーミンたちがボタンや安全ピンなどを詰めこんで、部屋にずっと飾っていた海泡石のトロッコに、サロメちゃんは引っ越す。でも、それらを片付ける勇気がないので、小物と小物のあいだになんとか身を収めて眠る（童話『ムーミン谷の冬』）。

サロメちゃんは、フィンランド語で「虫」と訳されているが、もともとはクニットの仲間である。シャイなクニットの娘の彼女は、スキーヤーのヘムレンさんにつよい憧れの感情を抱いても、言葉を口にすることすらできない。ヘムレンさんは他の人から、声の大きいやっかい者という扱いを受けているキャラクター。大柄なヘムレンさんは、繊細なはい虫のサロメちゃんとはすべてにおいて、正反対だ。サロメちゃんはささやくように話すが、大きく響くヘムレンさんのラッパの音楽を聞きたがる。みんなにはその音が迷惑だが、サロメちゃんは、もっとたくさん吹いてくれたら良いのに、とさえ思っている。

ヘムレンさんは、はい虫のサロメちゃんが彼をさがしに雪山へむかったと聞くまでは、いつもそばにいた彼女の存在を意識していなかったが、吹雪の中に飛びだしていき、彼女を救う。やがておさびし山の峡谷に向かうことになったとき、ヘムレンさんが背負うリュックには、幸せそうなはい虫のサロメちゃんも一緒に収められ、そのあとを犬のめそめそもついていく。

はい虫のサロメちゃんは、ムーミン屋敷に来たばかりで、おびえて泣いている。この珊瑚の土台を持つトロッコの置物は、ムーミンパパが若い頃に王さまのゲームで当たったもの。『ムーミン谷の冬』

小さな者や大きな者

はい虫のサロメちゃんのヘムレンさんとの関係は、ムーミン作品において他に例を見ないというわけでもない。『さびしがりやのクニット』の、ある脚本バージョンでは、クニットも、大声で笑いだす大きなヘムレンさんに憧れる。最終的なバージョンでは、クニットはむしろヘムレンさんたちをこわがっているようである。

サロメちゃんは、ヘムレンさんだけでなく、彼の楽器のまわりもせわしく動きまわる。『ムーミン谷の冬』
『さびしがりやのクニット』でも、ヘムレンさんのラッパが好き。（55ページの絵参照）

ヘムレンさんは、雪の中から、自分の手のひらほどのサロメちゃんを掘りおこす。『ムーミン谷の冬』

訳者あとがき

はい虫のサロメちゃんの紹介ページを読み終わったあと、ふと「自分はどんな生きものだろう？　どんなことにこだわって、何を大切にして生きているのだろう？」と、自分を見つめ直してみました。同時に、これは「異なる生き方をしている人たちを理解するための本だ」とも思ったのです。

他者をありのままの姿で受けいれるには、相手の気持ちがほんの少し理解できれば、それで十分だったりするものです。自分がヘムルになってみたり、私たちの世界のスニフを身近なところに見つけてみたり。すると初めて、こういう価値観を持っているからこういう言動をとるのかも？　と納得できる部分が見えてくることでしょう。生きものは皆お互いに、たとえ共感できなくても存在は認めあい、共に生きることができるように。

著者のシルケ・ハッポネンさんは、「それこそが、最大の寛容の精神でしょう」と、おっしゃっていました。そして、それがムーミン谷には存在するということも。フィンランドで児童文学を研究されているシルケさんは、ムーミンについて論文も執筆されたムーミン博士。ミムラのようにキュートで、ムーミンママのような寛大さが印象的で、ムーミンたちがめぐりあわせてくれた素敵な出会いでした。

幼いころに読んだムーミン童話がきっかけでフィンランドに憧れ、移住してから十数年。恩人でもあるムーミンと、思わぬ形で再会することが叶いました。自分でムーミンの本を翻訳する。私にはこれ以上光栄なことはないかもしれない、大きな夢でした。チャンスを与えてくださり、あたたかく見守りつつも力づよく支えてくださった編集の横川浩子さん（スクルッタおじさん、ときどきスノークのおじょうさん）には言葉にならないほどの感謝の気持ちでただ胸がいっぱいです。

なお、この本で引用された作品に興味を持った日本の読者の皆さんのために、元の図鑑には出典が記載されていなかったものも含め、すべてのイラストとコミックスの出典を調べて掲載しました。これをきっかけに、トーベ・ヤンソンさんの原作を手に取ってくださる方が増えれば、こんなに嬉しいことはありません。

高橋絵里香
——ティーティ・ウー、ときどきムーミントロール

著者：シルケ・ハッポネン

1971年、フィンランドのカルットゥラ地方に生まれる。児童文学研究者。ヘルシンキ大学講師。2007年、トーベ・ヤンソンの文章と絵を研究対象とした博士論文「フィリフヨンカの窓から」を執筆。ヘルシンキ在住。

訳者：高橋絵里香

1984年生まれ。北海道の中学校を卒業後、単身でフィンランドに渡り、ホームステイをしながら現地の高校を卒業。そのままオウル大学に入学し生物学と地質学を学ぶ。教育にも関心を深め、現在はフィンランドで教師をめざして勉強中。著書に『青い光が見えたから──16歳のフィンランド留学記』がある。

撮影／イルマリ・ハッポネン（Ilmari Happonen）

ムーミンキャラクター図《ず》鑑《かん》　N.D.C.993　240p　22cm

2014年10月22日　第1刷発行
2025年7月7日　第10刷発行

著者　シルケ・ハッポネン
訳者　高《たか》橋《はし》絵《え》里《り》香《か》

発行者／安永尚人
発行所／株式会社 講談社
〒112-8001　東京都文京区音羽2-12-21
電話 03-5395-3536（編集）
03-5395-3625（販売）
03-5395-3615（業務）
KODANSHA
印刷所／共同印刷株式会社
製本所／大口製本印刷株式会社

ISBN978-4-06-219177-7